Edouard De Fromentel

Introduction à l'étude des éponges fossiles

Anatiposi

Edouard De Fromentel

Introduction à l'étude des éponges fossiles

Réimpression inchangée de l'édition originale de 1859.

1ère édition 2023 | ISBN: 978-3-38273-730-6

Anatiposi Verlag est une marque de Outlook Verlagsgesellschaft mbH.

Verlag (Éditeur): Outlook Verlag GmbH, Zeilweg 44, 60439 Frankfurt, Deutschland
Vertretungsberechtigt (Représentant autorisé): E. Roepke, Zeilweg 44, 60439 Frankfurt, Deutschland
Druck (Imprimerie): Books on Demand GmbH, In de Tarpen 42, 22848 Norderstedt, Deutschland

INTRODUCTION

A L'ÉTUDE

DES

ÉPONGES FOSSILES;

PAR

M. E. DE FROMENTEL,

DOCTEUR EN MÉDECINE, MEMBRE DE LA SOCIÉTÉ GÉOLOGIQUE DE FRANCE, CORRESPONDANT DE LA SOCIÉTÉ
LINNÉENNE DE NORMANDIE, ETC., ETC.

Extrait du tome XI des Mémoires de la Société Linnéenne de Normandie.

CAEN,

TYP. DE A. HARDEL, IMPRIMEUR-LIBRAIRE, RUE FROIDE, 2.

1859.

INTRODUCTION

L'ÉTUDE DES ÉPONGES FOSSILES.

PREMIÈRE PARTIE.

> « L'Éponge est une production naturelle que tout le monde connaît, par l'usage assez habituel qu'on en fait chez soi, et cependant c'est un corps sur la nature duquel les naturalistes, même les modernes, n'ont pu arriver à se former une idée juste et claire. »
>
> LAMARCK.

I.

Les Éponges sont peut-être, de tous les êtres animés, ceux qui ont le moins fixé l'attention des naturalistes et qui ont laissé le plus de doute, dans la science, sur leur nature et la place qu'ils doivent occuper dans l'un des trois règnes qui se partagent notre globe. Ces corps, très-abondants à l'époque actuelle et aux époques qui nous ont précédés, sont en effet si éloignés, par leur organisation, des autres êtres qui composent la série animale, que, pendant long-temps, ils furent regardés comme des végétaux et placés parmi les derniers des Cryptogames, pendant que les Coralliaires représentaient les plantes fleuries du règne végétal sous-marin.

Les Éponges semblent, en effet, avoir plus d'analogie avec les plantes qu'avec les êtres animés : non-seulement on ne trouve plus, chez elles, les organes variés qui président, chez les animaux supérieurs, aux fonctions de relation, de nutrition et de reproduction; mais on ne retrouve même plus, d'une manière apparente du moins, ce qui semble poser une limite certaine entre les êtres animés et les végétaux : nous voulons parler du mouvement, du mouvement libre, provoqué par la volonté ou par l'instinct animal.

Les Coralliaires, chez lesquels déjà on ne voit ni système circulatoire, ni système nerveux appréciable, et qui sont composés presque exclusivement d'une poche stomacale et des organes de la reproduction, possèdent tous des mouvements volontaires qui servent ou à leur nutrition ou à leur défense. Les Infusoires eux-mêmes, qui semblent formés d'une matière homogène, semblable à la matière gélatineuse des Éponges, et chez lesquels on n'aperçoit ni tube digestif, ni circulation, sont doués de mouvements libres ; ils se déplacent et nagent rapidement, soit pour fuir un ennemi, soit pour attaquer une proie. L'Éponge seule est un être immobile, sans trace de sensibilité et de mouvement, et dont la vie mystérieuse est forcément enchaînée à la place où le hasard a jeté le germe qui a dû la produire. Si une activité vitale s'y fait sentir, si une manifestation animale peut y être découverte, ces actes, comme nous le verrons bientôt, échappent à nos sens seuls; et ce n'est qu'au moyen d'instruments amplificateurs et d'observations attentives qu'on peut enfin saisir, chez cet être disgracié, ce qui le fait vivre, grandir et se reproduire.

A une certaine époque de sa vie, l'Éponge laisse échapper de sa substance un petit corps ovoïde, hérissé de cils vibratiles, et qui, à l'instar des Infusoires, se meut dans l'eau pendant un certain temps et va enfin se fixer sur une surface solide. Ce corps, qui est le germe, l'œuf de l'Éponge, adhère, par un des points de sa surface, à l'objet qu'il a rencontré, se dépouille des organes embryonnaires qui lui donnaient le mouvement, et, à partir de ce moment, devient immobile comme l'éponge qui naîtra de lui.

La jeune éponge, ou plutôt le germe, ne contient tout d'abord aucun des corps solides pierreux ou cornés qui doivent bientôt constituer sa charpente ; ce n'est encore qu'une substance gélatiniforme semblable à celle des Infusoires et à laquelle M. Dujardin a donné le nom de *sarcoïde,* que nous lui conservons. Bientôt le liquide qui baigne le germe et qui y circule sous l'influence d'organes que nous étudierons plus loin, y abandonne toutes les parties animales ou minérales nécessaires au développe-ment de l'éponge, et l'on voit peu à peu se former, dans le sarcoïde de celle-ci, des points solides analogues aux nodules des Polypiers et qui af-fectent, plus tard, soit la forme de spicules, soit celle de fibres cornées.

Les organes qui servent à la nutrition de l'Éponge sont très-simples et ne remplissent que deux fonctions visibles : l'absorption du liquide et son exhalation. L'eau pénètre dans l'Éponge à travers des ouvertures très-fines que l'on nomme pores. Ces ouvertures, percées dans la masse sar-coïde, entre les mailles du réseau de la charpente, prennent un plus grand diamètre quand la partie animale a disparu et que le squelette seul existe. L'eau traverse assez lentement ces premiers organes, et tout porte à croire que c'est pendant son trajet à travers ces petites ouvertures que l'Éponge sépare de l'eau et s'assimile les principes qui doivent servir à son dévelop-pement. Le liquide, qui traverse lentement les pores, arrive bientôt dans des organes plus larges (oscules, tubules) et la multiplicité des affluents provenant des petites ouvertures ne tarde pas à engendrer, dans les grandes, un mouvement plus prononcé qui se traduit au-dehors par un courant ra-pide et qu'il est assez facile de constater chez les Spongilles.

Pendant que ces fonctions s'exécutent, on remarque presque toujours qu'il y a formation de gaz dans la substance de l'Éponge. Ainsi, on aper-çoit d'abord çà et là de petites bulles excessivement ténues dans l'intérieur du tissu ; puis ces bulles se déplacent et se réunissent peu à peu à leurs voi-sines, pour former des bulles plus considérables qui, bientôt, s'échappent par les grandes ouvertures en suivant les directions des courants exhalés. Ces globules gazeux ne peuvent provenir que de la décomposition de l'eau ou de l'exhalation, à travers les tissus de l'Éponge, d'un gaz impropre à la nutrition et rejeté par sécrétion. Tout nous fait supposer que ce gaz est semblable à celui qui s'échappe des poumons des animaux supérieurs, et qu'il est formé d'acide carbonique ; mais nous n'avons jamais pu nous en procurer en quantité suffisante pour en faire l'analyse.

Long-temps nous nous sommes demandé quelle était la cause des cou-rants qui se font à travers l'Éponge, et quelle était la force qui faisait cir-culer l'eau à travers son tissu avec tant de rapidité : nous avions bien vu déjà que quelques naturalistes, M. Dujardin entr'autres, avaient observé, dans l'*Halisarca*, le *Spongia panicea*, le *Clione celata*, etc., des particules douées d'un mouvement comparable à celui des *Protées* et des *Amibes*, et souvent munies d'un filament flagelliforme ; mais en quoi ces corps, qui semblaient isolés et doués d'une vie individuelle, pouvaient-ils être utiles à la circulation des courants chez l'Éponge ? Nous avons long-temps cherché dans le sarcoïde des Spongilles ; et, après des expériences longues, minutieuses et souvent répétées, nous sommes arrivé à nous convaincre que le mouvement d'absorption et d'exhalation des liquides reconnaissait pour cause la présence, dans les voies naturelles, de cils vibratiles excessivement fins, visibles à peine avec un grossissement de 5 à 600 diamètres, et qui sont doués de la faculté d'arrêter ou de précipiter leur mouvement vibratoire. C'est donc là seulement que l'on rencontre le mouvement volontaire qui caractérise les animaux ; c'est là aussi ce qui explique l'arrêt des courants dans certaines éponges, si l'on vient à les irriter ou à les retirer momentanément de l'eau.

La matière sarcoïde des Éponges est, du reste, en tout comparable à la matière animale : comme celle-ci, elle est le résultat du développement des cellules primitives qu'on aperçoit dans tous les points où l'Éponge s'accroît, et les analyses chimiques démontrent, d'une manière indubitable, que la composition de cette matière renferme tous les éléments qu'on retrouve dans les êtres animés.

Le travail que nous entreprenons ayant pour but l'étude des éponges fossiles, ou *Spongitaires*, nous négligerons complètement tout ce qui a rapport à la nature des tissus des Spongiaires qui vivent actuellement dans nos mers, et ne nous occuperons ici que de l'étude anatomique et organique des Éponges à squelette testacé et dont les genres se sont perdus dans les étages terrestres bien avant que l'homme ait fait sa première apparition sur le globe.

II.

Différence des Éponges vivantes et des Éponges fossiles. — M. Goldfuss et les auteurs qui l'ont suivi, se basant sur des ressemblances plus ou moins éloignées de forme, ont assimilé aux Éponges vivantes les Éponges fossiles qu'ils ont décrites et figurées, et ont fait rentrer ces dernières dans des genres qui avaient été créés pour les Spongiaires de nos jours.

M. d'Orbigny, le premier, a fait ressortir la différence qui a dû exister entre les Éponges fossiles et les Spongiaires de notre époque. Celles-ci ont le squelette composé de spicules groupés, mais libres, ou de spicules et de fibres cornées élastiques, qui peuvent quelquefois s'encroûter de carbonate de chaux, mais dont le tissu n'offre jamais assez de solidité pour pouvoir résister à une pression, même modérée. Les Éponges fossiles, au contraire, ont dû posséder, avant la fossilisation, un squelette pierreux et résistant : ce tissu a pu être modifié, dans sa composition chimique, par l'influence des milieux où les êtres ont vécu ; mais, avant cette modification, il a dû déjà présenter assez de solidité pour résister aux pressions qui, dans certaines circonstances, ont pu déprimer et déformer des coquilles sans altérer, d'une manière sensible, la forme des Éponges fossiles. On remarque, en outre, que ces fossiles sont, le plus souvent, chargés de corps parasites, de Serpules, d'Ostréacées et de Bryozoaires, et qu'ils ont été roulés et usés sur les côtes, comme le sont tous les corps lourds et résistants. Les Bryozoaires qui, de nos jours, se fixent sur tous les objets solides qu'ils rencontrent, et ne se placent jamais sur les Éponges vivantes qui, probablement, ne leur offrent pas un point assez résistant, se rencontrent fréquemment sur les Éponges fossiles. Enfin, nous voyons quelquefois, sur ces dernières, une membrane scléreuse en tout comparable à l'épithèque de certains Polypiers, et qui ne peut se développer qu'à la condition de reposer sur une surface solide. Cette membrane ne se rencontre sur aucun des Spongiaires des mers actuelles.

Tout nous porte donc à croire que les Éponges que nous trouvons dans les différents terrains dont se compose la croûte terrestre ont été, avant leur fossilisation, d'une nature pierreuse et différentes des Spongiaires actuels. Faut-il penser, pour cela, que les Éponges de ces époques anciennes avaient toutes un tissu pierreux et qu'il n'en existait point ayant un squelette corné semblable à celui des Spongiaires qui vivent dans nos mers ? Rien ne peut nous le faire supposer : la présence même, dans quelques dépôts, d'un nombre immense de spicules, les impressions fungiformes que l'on remarque dans certaines roches marno-calcaires, peuvent faire croire, au contraire, que, de tous temps, ces Spongiaires ont existé ; seulement, leurs tissus n'ont pas offert assez de résistance à l'action des agents chimiques, et ils ont disparu sans laisser de traces reconnaissables. Ce qui nous confirme encore dans cette opinion, c'est que nous possédons plusieurs Spongitaires du genre *Enaulofungia* qui se sont développés sur de petites tiges de Gorgones ou d'Isis et en ont conservé l'empreinte, sans qu'à l'état fossile on puisse retrouver trace de ces derniers.

Constitution du squelette. — Lorsque le germe qui contient l'Éponge à l'état embryonnaire se dépose et se fixe sur un corps résistant, il ne renferme encore, comme nous l'avons déjà dit plus haut, aucune particule visible qui puisse rappeler les éléments solides qui .entreront plus tard dans la composition du squelette de l'éponge. Mais peu à peu, sous l'influence de l'absorption des principes minéraux et nutritifs que la jeune Éponge s'assimile, on voit se déposer, dans l'intérieur de la masse sarcoïde, des points cornés, siliceux ou calcaires qui bientôt s'accroissent, s'allongent et prennent une forme déterminée et en rapport avec l'habitude extérieure que doit affecter l'animal. Ces particules solides peuvent constituer de petits corps fusiformes, rugueux et rayonnés, auxquels on a donné le nom de *spicules*. Ces spicules restent libres entre eux et séparés par le sarcoïde, bien que représentant un feutrage épais au milieu duquel sont percés les pores et les autres organes. Quelquefois ils sont unis par le centre ou les extrémités et forment un tissu plus ou moins régulier. Dans tous les cas, les Éponges composées seulement de sarcoïde et de spicules ne résistent pas à la destruction de la partie animale; elles tombent sous forme de poussière très-ténue qui, dans quelques circonstances, a pu former des sédiments d'une certaine épaisseur. C'est à la présence de ces spicules que quelques agates doivent, dit-on, cet aspect tout particulier qui leur a fait donner le nom de *moussues.*

Au lieu de se transformer en corps isolés, les particules solides qui se forment au sein des Éponges s'allongent souvent en fibres de nature cornée ou pierreuse, qui s'anastomosent et s'entrecroisent de différentes manières et donnent lieu à des tissus de nature et de formes très-variées composant le squelette des Éponges vivantes ou fossiles. Ces fibres peuvent se développer sans se bifurquer; dans ce cas, elles sont presque toujours traversées à angles droits par d'autres fibres dirigées transversalement; mais, le plus souvent, elles se divisent et se soudent çà et là aux fibres voisines, et constituent ainsi des vacuoles dans lesquelles sont percés les pores et les oscules.

Comme nous n'attachons que peu d'importance à la nature du tissu du squelette, que l'on voit souvent le même dans des genres très-éloignés, et que notre classification est entièrement basée sur la présence ou l'absence des organes principaux qui servent à la nutrition de l'Éponge, nous n'entrerons pas dans de plus grands détails sur la constitution des tissus cornés ou scléreux, nous réservant de décrire ce qu'ils pourront offrir de particulier s'ils deviennent un caractère générique ou spécifique.

Nous avons expliqué, plus haut, comment la nutrition s'opère dans les Éponges ; comment l'eau, pénétrant par les pores dont est criblée la surface, sort ensuite par des ouvertures plus larges, après avoir laissé dans l'animal les principes qu'il doit s'assimiler ; or, cette circulation liquide, qui est toute la manifestation vitale de l'Éponge, se fait à travers des organes que nous allons successivement étudier et qui représentent, d'une manière rudimentaire, le canal digestif des animaux supérieurs.

Spongier, Spongite. — Pour éviter toute confusion et ne pas user continuellement de périphrases, nous désignerons sous le nom de *spongier* le squelette testacé des Éponges fossiles, quelles que soient sa forme, sa composition minéralogique et la nature de son tissu. Le spongier peut affecter des formes très-variées, mais qui se rattachent à deux types principaux : le type *lamelleux* et le type *massif.*

Le spongier lamelleux peut s'étendre à partir de son point d'attache en constituant une lame plus ou moins épaisse, mais sans forme bien arrêtée, comme on le remarque dans les genres *Elasmostoma* et *Porospongia.* Dans d'autres cas, la lame se replie et se contourne de différentes manières et forme des méandres très-compliqués qui caractérisent le genre *Plocoscyphia.* Chez les *Thalamospongia,* elles sont minces et se coupent à angles ouverts, de manière à former des chambres irrégulières. Il arrive fréquemment que le spongier, tout en conservant le type lamelleux, se contourne en cornet et donne naissance à des coupes de formes plus ou moins irrégulières, comme on le voit dans les genres *Cupulospongia, Coscinopora, Chenendropora,* etc. La coupe peut être très-évasée, comme dans les genres que nous venons de citer, ou bien elle se rétrécit au sommet après s'être d'abord élargie, et ne présente qu'une ouverture étroite communiquant avec une chambre assez large ; le genre *Camerospongia* présente cette particularité. Enfin, les parois de la coupe, au lieu d'affecter une forme circulaire, peuvent se replier en dedans, de manière à constituer une étoile à quatre ou cinq branches, dont chaque rayon est composé de deux lames rapprochées, comme nous le voyons dans le genre *Guettardia*.

Le type massif offre des variétés de forme aussi nombreuses que le type précédent. Tantôt, comme dans les genres *Eudea, Polycœlia*, etc., le spongier s'allonge en forme de tube cylindro-conique et constitue un être simple ou agrégé sous forme dendroïde. D'autres fois il se développe en masse globuleuse (*Amorphospongia, Enaulofungia*, etc.) ou s'allonge en cône irrégulier, comme dans le genre *Turonia*.

L'étude que nous ferons, plus loin, des organes que l'on peut constater dans les Éponges fossiles démontrera que si, dans quelques cas, l'Éponge est un être unique, jouissant d'un seul centre d'activité vitale, dans bien d'autres, elle est le résultat de l'agrégation de plusieurs individualités. Chez certains Spongitaires, chez ceux surtout dont l'organisation est la plus simple, il est assez difficile de distinguer l'unité de la multiplicité des centres vitaux de l'Éponge ; il n'y a guère, dans ce cas, que la forme mamelonnée ou digitée du squelette et la présence de sillons étoilés à la surface qui puissent indiquer les centres de vie. Mais chez les Spongitaires dont l'organisation est plus compliquée, chez ceux qui sont munis de tubules et d'oscules, les individualités sont faciles à reconnaître, alors même que chaque individu est intimement soudé à son voisin.

Lorsque nous aurons à étudier une Éponge fossile qui présentera plusieurs centres d'activité vitale, nous donnerons à l'ensemble le nom de *spongier* et désignerons sous le nom de *spongite* les individualités qui peuvent, en se réunissant en colonie, constituer le spongier.

Base, pédicule, racine. — L'Éponge est un être qui ne peut exister qu'à la condition d'être fixé, par un point de sa surface, à un corps sous-marin plus ou moins résistant. Pour plus de clarté, nous désignerons par les mots *base* ou *pédicule* la partie adhérente de l'Éponge, suivant que cette partie présentera une surface large et épaisse ou un support mince et rétréci. La partie inférieure du pédicule ou de la base peut envoyer des expansions qui, s'étendant sur le corps où est fixée l'Éponge, adhèrent et semblent servir à consolider celle-ci : on donne à ces productions le nom de *racines*. On remarque encore, dans quelques Spongitaires, des filaments radiciformes qui descendent d'un point plus ou moins éloigné de la base, et semblent vouloir aller se fixer aussi sur le corps qui supporte l'Éponge. Nous réservons à ces formations accidentelles le nom de *racines adventices*. Les racines ont rarement la même organisation histologique que le reste du spongier; presque toujours le tissu en est plus serré, plus dense et ne renferme que rarement les organes que l'on trouve dans le reste de l'éponge.

Sommet, côtés, parenchyme. — Tout ce qui sera, dans les espèces simples, sensiblement opposé à la base sera le *sommet* de l'Éponge, et les parties comprises entre le sommet et la base seront les *côtés* ou *parois latérales*. — Mais dans les espèces composées, alors que plusieurs spongites sont réunis, soit en buisson, soit en rameaux, le sommet de chaque spongite sera la partie opposée à son point d'attache, quelle que soit la portion du spongier où il se trouve fixé. Enfin nous donnons le nom de *parenchyme* à tous les matériaux qui entrent dans la composition du tissu du spongier.

Pores. — Chez les spongiaires dont l'organisation est le moins compliquée, le parenchyme est criblé d'une infinité de petites ouvertures généralement d'un très-petit diamètre, et auxquelles on a donné le nom de *pores*. Les pores sont les organes d'absorption de l'éponge, c'est par eux que pénètrent les liquides qui doivent lui fournir les matériaux nécessaires à sa nutrition et à son développement. Lorsque l'Éponge vit et possède autour de sa charpente le sarcoïde, la matière vraiment vivante, les pores sont toujours parfaitement ronds et creusés dans l'épaisseur de celle-ci. Mais, lorsque l'on ne possède plus que le squelette de l'animal, comme dans les Éponges fossiles, les pores paraissent plus larges, très-irréguliers et sont limités par l'entrecroisement des fibres testacées. Ils sont le plus souvent placés d'une manière irrégulière, comme dans les genres *Cupulospongia, Amorphospongia*, etc., mais quelquefois, comme on peut le remarquer dans le *Cœloptychum agaricoïdes*, ils sont disposés en séries et avec beaucoup de régularité. On ne doit pas considérer les pores comme des organes spéciaux, dont l'existence est déterminée à l'avance par la nature, la forme de l'animal, ou les fonctions qu'ils sont appelés à remplir; ils font partie intégrante et nécessaire de l'animal : l'Éponge ne peut exister sans eux, et ne saurait

s'en passer, comme des organes suivants qui paraissent en rapport avec
une organisation plus compliquée et une plus grande activité fonctionnelle.

Oscules. — Chez certains spongitaires on remarque, soit au sommet,
soit sur les côtés, des ouvertures beaucoup plus grandes que les pores
et auxquelles on a donné le nom d'*oscules.* L'ouverture des oscules est
ordinairement peu profonde et se termine en cul-de-sac, au fond duquel
se trouvent des pores généralement plus larges que les autres. Les
oscules sont, dans ce cas, appelés *superficiels.* Il arrive quelquefois, et
dans les spongitaires tubulés seulement, que l'oscule soit continué par
un canal irrégulier qui va s'ouvrir dans la cavité médiane; mais alors
ces canaux sont toujours plus ou moins perpendiculaires à la ligne qui
serait tirée du sommet à la base; les oscules qui présentent ce caractère
sont appelés *perforants.* Les oscules peuvent être entourés d'un petit
bourrelet en saillie : ils sont, dans ce cas, *marginés.* Nous les disons *tubulés*
quand le bourrelet s'élève en forme de tube; et, *étoilés,* si des bords de
l'oscule partent en rayonnant de petits sillons qui forment une étoile
irrégulière. — Les oscules varient beaucoup quant à leur grandeur, leur
forme et leur disposition. Chez le *Porospongia marginata,* ils atteignent
jusqu'à 4 et 5 millimètres de diamètre, sans avoir plus de 3 et 4 millimètres de profondeur; dans d'autres espèces, au contraire, ils ne dé-
passent pas un millimètre en diamètre. Les Porospongies offrent des
oscules ronds ou très-légèrement ovales. Chez les *Elasmostoma,* au contraire, ils sont très-irréguliers de forme, et leur bord semble déchiqueté.
Les genres *Chenendropora, Cribrospongia* possèdent des oscules disposés
sans ordre à leur surface, mais assez souvent ils affectent une disposition régulière selon des lignes qui se coupent à angles droits, comme
dans le genre *Goniospongia;* ou bien ils sont placés en quinconce, comme
on le remarque chez les *Coscinopora.*

Les oscules se distinguent des pores par leur taille, leur forme, et
aussi par les fonctions qu'ils sont appelés à remplir. Ils ne sont plus,
comme les pores, des parties essentielles, indispensables de l'Éponge,
puisqu'il existe de ces animaux qui n'en possèdent pas; mais ils indiquent déjà un degré plus grand dans l'organisation et l'activité vitale
de cet être. Les bords plus souvent marginés que rentrants des oscules,

leur largeur, la présence, dans leur fond, de pores plus grands ou de canaux qui communiquent avec d'autres organes d'exhalation : tout fait supposer que ces ouvertures servent à la sortie des liquides absorbés par les pores de la surface, après que celle-ci a déposé dans le parenchyme les éléments que l'éponge a dû s'assimiler.

Tubules. — Nous avons donné le nom de *tubule* à une ouverture profonde, cylindrique ou légèrement conique qui, partant du sommet de l'éponge, se dirige en descendant vers la base. Le tubule est généralement rond ; ce n'est qu'exceptionnellement et peut-être par accident, qu'on lui voit une autre forme. Les tubules se montrent dans l'éponge isolés ou groupés. Lorsqu'il n'existe qu'un seul tubule dans le spongier, comme chez les *Eudea* et les *Siphonocœlia,* il est toujours placé au centre de l'éponge qui affecte alors généralement une forme arrondie plus ou moins allongée. Le spongier, dans ce cas, est simple ; mais si plusieurs tubules se montrent dans le même spongier, chaque tubule isolé y représente aussitôt un centre d'activité vitale, facile à reconnaître, et qui fait aisément diviser le spongier en autant de spongites qu'il y a de tubules.

Plusieurs tubules peuvent se trouver réunis en faisceau et former ensemble un seul centre de vie ; les tubules, dans ce cas, sont dits *fasciculés.* Il peut exister un seul faisceau dans le spongier, et alors il se trouve au centre, comme dans le genre *Ierea ;* ou bien on voit plusieurs faisceaux épars çà et là dans le spongier et constituant autant de spongites qu'il y a de faisceaux *(* Ex.: le genre *Polyierea).* Dans d'autres cas, plus rares, il est vrai, les tubules sont placés irrégulièrement dans l'épaisseur de lames plus ou moins fortes et viennent s'ouvrir sur la tranche supérieure ; ces lames tubulées peuvent constituer une coupe régulière, comme dans le genre *Marginospongia ;* ou rester à l'état d'expansion de différentes formes, comme nous le voyons chez les *Elasmoierea.*

Les tubules, nous l'avons déjà dit, sont dirigés du sommet du spongier à la base vers laquelle ils descendent. Cette direction constante fait facilement distinguer les tubules des oscules. Ces derniers, en effet, lorsqu'ils sont superficiels, sont épars indistinctement à la surface du spongier, et ne peuvent être confondus avec les tubules, tant il existe de différence dans leur profondeur. Mais lorsque les oscules sont perforants, et qu'ils ne sont que l'orifice des canaux intérieurs dont nous avons parlé, ils offrent avec les tubules quelques points de ressemblance qu'une observation plus attentive fait bientôt disparaître. Les oscules, existant dans les spongiers qui n'ont pas de tubules, ne sont jamais perforants et ne peuvent être confondus avec ces derniers. De plus, s'ils se montrent sur des lames, c'est presque toujours sur les faces qu'ils existent; tandis que les tubules qu'on rencontre dans le spongier lamelleux sont percés dans l'épaisseur même des lames et s'ouvrent sur leurs tranches. Si les oscules existent en même temps que les tubules, les premiers, qu'ils soient superficiels ou perforants, ont toujours une direction sensiblement perpendiculaire à celle du tubule; aussi lorsque les oscules sont perforants, comme on le remarque dans les *Cnemidium*, les canaux qui contiennent l'orifice osculaire viennent-ils s'ouvrir dans le tubule, en formant avec celui-ci un angle presque droit. Il est donc impossible de confondre les oscules avec les tubules, surtout sur le même échantillon. Il n'y a que lorsqu'un spongite offre à sa partie supérieure une ouverture unique sans oscule à la périphérie, comme cela arrive chez les *Siphonocælia,* que l'on peut être dans l'incertitude et hésiter si cette ouverture est un oscule ou un tubule. Il n'existe, dans ce cas, qu'un moyen de faire cesser toute espèce de doute, c'est de s'assurer de la nature de l'intérieur du spongier, en y pratiquant une section horizontale ou verticale.

Chez les spongiaires qui affectent, en se développant, la forme d'une coupe, il peut arriver que l'orifice supérieur de l'ensemble cupuliforme soit très-peu évasé, et que l'on ait à se demander si c'est bien un tubule ou non qui occupe le centre du spongier. Il est encore assez facile, dans ce cas, de se rendre compte de la nature de l'éponge; car les tubules offrent toujours dans leur intérieur une paroi parfaitement lisse, qu'il s'y ouvre ou non des canaux; et cette paroi est formée par un tissu plus dense, plus serré que le reste du spongier et qui, dans une section polie, présente un aspect différent du reste de l'éponge. Le spongier cupuliforme n'offre pas cette différence de tissu à sa paroi interne; et celle-ci présente, à peu de chose près, un tissu identique aux autres parties du parenchyme. Au reste, pour peu que l'on ait l'habitude d'examiner des éponges fossiles, il n'est pas nécessaire d'avoir recours à des coupes polies pour reconnaître la nature des organes, et on distinguera toujours assez facilement le spongier tubuleux du spongier cupuliforme.

Dans un seul genre, genre très-douteux encore, les *Verticillites*, le tube n'est pas ouvert dans toute sa hauteur, mais divisé de distance en distance en étages par des planchers qui le ferment complètement. Il est ici à peu près impossible de bien reconnaître ces détails, si on n'examine pas l'intérieur du spongier. Lorsque nous décrirons les genres, nous reviendrons sur la disposition de ces organes dont la présence nous paraît une anomalie fonctionnelle.

Comme nous l'avons déjà dit plus haut, la présence d'un tube ou d'un faisceau de tubes indique toujours un centre de vie, une individualité ; mais il semble que le spongier composé, résultat de l'agrégation de plusieurs spongites, soit une colonie qui, bien que vivant dans un milieu commun et sous les mêmes influences, est formée d'individus dont la vie est indépendante et les intérêts particuliers. En effet, nous n'avons jamais vu, dans ces associations, un tubule s'ouvrir directement dans le tubule du spongier voisin ; et nous avons toujours constaté que, là où les tubules sont le plus rapprochés, il existe une cloison, plus ou moins épaisse, d'un tissu analogue au tissu de la paroi interne du tubule et qui empêche ces organes de communiquer entre eux.

Les tubules sont des organes spéciaux d'exhalation ; c'est par eux que les liquides, après avoir pénétré à travers les pores et abandonné les principes nutritifs assimilés par l'éponge, s'échappent ensuite au dehors en donnant lieu à ces courants rapides que plusieurs naturalistes, M. Grant entr'autres et nous-même, avons constaté dans les spongites. Ces courants, qui demandent pour exister des conditions spéciales et des organes particuliers, témoignent de la grande activité fonctionnelle et nutritive des êtres par lesquels ils sont produits et vont, en s'affaiblissant, chez ceux qui ne possèdent que des oscules pour disparaître presque entièrement chez les éponges qui ne sont formées que d'un tissu poreux. Chez ces dernières, les pores doivent être de deux natures : les uns absorbants et les autres exhalants ; on croit, en effet, remarquer des différences dans leur grosseur et leur disposition ; mais rien, quant à présent, ne peut faire connaître d'une manière positive les fonctions différentes de ces organes. Les spongitaires, qui possèdent à la fois des tubules, des oscules et des pores, nous paraissent donc bien supérieurs, au point de vue des fonctions organiques, à ceux qui n'ont que des oscules et des pores; et ces derniers doivent aussi être placés, dans la série animale, au-dessus de ceux dont le parenchyme est simplement muni de pores, et dont l'activité nutritive paraît moindre.

Sillons. — Nous avons dit, en parlant des oscules, que ceux-ci étaient quelquefois le centre d'où partent des sillons plus ou moins profonds, qui se divisent en donnant naissance à une étoile informe. On rencontre, chez les spongitaires qui n'ont ni tubules, ni oscules, des sillons en étoile analogues à ceux dont nous venons de parler, mais qui n'ont pas, comme les premiers, un oscule pour centre. Ces sillons étaient probablement, à l'état vivant, complétés en forme de canaux par la matière sarcoïde de l'éponge, et constituaient les organes d'exhalation de ces animaux. Ce qui confirme notre manière de voir, c'est que, dans les spongites, nous avons trouvé des sillons semblables, recouverts et transformés en canaux par la matière sarcoïde dépourvue de spicules, et qui étaient le siége de courants d'exhalation ; d'un autre côté, nous avons toujours remarqué que les pores occupant le centre de ces étoiles sont sensiblement plus grands que dans le reste du spongier et ont leur tissu moins compacte. Au reste, sur les éponges composées où les individualités sont indiquées par une élévation arrondie de la surface (*Actinospongia*), chaque sommet est muni d'une étoile comme celle dont nous avons parlé ; et dans le genre *Enaulofungia*, dont la forme rappelle celle du spongier simple, on ne trouve qu'une seule étoile sensiblement opposée au point d'attache de l'éponge.

Epithèque. — Il nous reste encore à parler d'un organe auquel M. d'Orbigny a accordé une grande importance, mais qui n'a pour nous qu'une valeur très-secondaire : nous voulons parler d'une membrane scléreuse recouvrant parfois une partie du spongier, et à laquelle MM. Milne-Edwards et J. Haime ont donné le nom d'*épithèque* que nous lui conservons, quand ils l'ont rencontrée sur les polypiers. Cette membrane se trouve le plus souvent à la base du spongier, mais aussi quelquefois elle enveloppe les côtés et s'élève jusque vers le sommet.

Elle couvre, dans ce dernier cas, les pores d'une couche imperméable ; mais si elle vient à rencontrer un oscule, elle le contourne et

souvent le borde d'un petit bourrelet. M. d'Orbigny a formé une famille
entière en réunissant tous les spongiers qui possèdent une épithèque,
et rapproché ainsi les genres les plus éloignés. La présence ou l'absence de l'épithèque ne doit sans doute pas être négligée, mais nous
croyons qu'on ne peut tout au plus accorder à cet organe qu'une valeur
générique.

III.

Classification des Spongitaires. — Après la découverte de Trembley,
les Polypes et les Eponges, qui comme eux étaient rangés parmi les
végétaux, en furent enfin retirés par Linnée, Cuvier et Lamarck, et
placés à la suite des Alcyons, des Isis et des Gorgones. M. de Blainville, reconnaissant la différence qui existe entre les Polypes et les
Eponges, les rapprocha des Infusoires ou Agastraires d'alors, sous le
nom d'*Hétéromorphes* ou *Agastrozoaires*. Outre les deux noms que
nous venons de citer, les naturalistes désignèrent encore la classe des
Éponges par ceux de *Spongiaires, Spongidées, Hétérozoaires, Amor-
phes, Amorphozoaires, Sphérozoaires,* etc. Nous n'avons pas cru devoir
conserver ces mots pour nommer la classe des Éponges, car ils n'ont
qu'un rapport éloigné avec la forme ou les fonctions de ces êtres ;
nous nous sommes servi, comme nous l'indiquons plus loin, des mots
le plus anciennement connus pour désigner la grande classe des
Eponges vivantes et fossiles, et les deux ordres qui la composent.

Les éponges des mers actuelles ont attiré l'attention d'un assez grand
nombre de naturalistes : Guettard, Lamarck, de Blainville, MM. Audoin
et Milne-Edwards, Grant, Fleming, etc., etc., se sont occupés de la
classification de ces animaux, en prenant le plus souvent pour base
la nature des tissus, la manière dont les fibres s'entrecroisent, ou la
forme qu'affectent les spicules ; quelques-uns des naturalistes que nous
venons de citer se sont aussi occupés de la manifestation animale et
des fonctions vitales des éponges ; mais, bien qu'à cette époque déjà la
paléontologie eût fait connaître un grand nombre d'animaux appar-
tenant aux époques antérieures à l'homme ; bien que les faunes éteintes
qui nous ont précédés en eussent été soumises à une étude minutieuse et

approfondie, les éponges fossiles ont été jusqu'à ce jour presqu'entièrement délaissées, ou le sujet peu sérieux de travaux incomplets. —
Guettard est un des premiers géologues qui se soient occupés des éponges
fossiles ; il en a recueilli et figuré une assez grande quantité, provenant
des falunières de la Touraine. Goldfuss et, plus tard, M. Michelin, ont
figuré et décrit un grand nombre de spongitaires trouvés dans les différents terrains de l'Allemagne et de la France, sans donner de classification de ces fossiles ; ne tenant aucun compte de leur nature
purement testacée, ces auteurs n'ont pas hésité à faire rentrer les spongitaires dans des genres créés par Schweigger pour des éponges
vivantes. M. de Blainville, dans son *Manuel d'actinologie*, admet 20
genres pour la classe des Eponges, parmi lesquels 13 sont consacrés
aux éponges fossiles, que souvent, comme Goldfuss, il assimile aux
éponges vivantes. D'autres auteurs, Rœmer, Münster, Reuss, Klisp-
tein, etc., ont figuré des éponges fossiles de différents étages ; mais ils
n'ont en rien contribué aux progrès de la science. — Alc. d'Orbigny
est réellement le premier qui, réunissant les matériaux épars çà et là
dans les ouvrages de paléontologie, et séparant d'une manière défini-
tive les éponges fossiles de celles qui vivent dans nos mers, proposa
une classification de ces êtres, qu'il nomma improprement *Amor-*
phozoaires, et les divisa en deux ordres : 1°. les Amorphozoaires à
squelette corné, comprenant toutes les espèces vivantes et peut-être
un genre fossile ; — 2°. les Amorphozoaires à squelette testacé, qui ne
renferment que des fossiles. — Ce dernier ordre est ensuite divisé en
cinq familles : la 1ʳᵉ. comprend les éponges en forme de coupe ; la 2ᵉ.,
les éponges allongées en tubes plus ou moins réguliers ; la 3ᵉ. renferme indistinctement toutes celles qui ont une épithèque ; la 4ᵉ., les
éponges massives, polymorphes, mais garnies d'oscules ; et la 5ᵉ. et
dernière, les éponges dépourvues d'oscules. — Ces familles, basées sur
les formes extérieures et qui en aucune circonstance ne peuvent servir
de caractères positifs, rapprochent les êtres les plus disparates et éloi-
gnent ceux dont l'organisation est analogue. On est surtout frappé, dans
cette classification qui se ressent de la rapidité avec laquelle l'éminent
paléontologiste travaillait, du groupe monstrueux formé par la 3ᵉ. famille,
dans laquelle d'Orbigny a réuni les genres les plus éloignés ; parce que

les fossiles que renferment ces genres ont une épithèque plus ou moins développée. Cependant cet auteur savait combien MM. Milne-Edwards et J. Haime ont attaché peu d'importance à la présence de cet organe chez les polypiers; et d'Orbigny, dans la classification qu'il donne de ces derniers êtres, a suivi leur exemple. — M. Pictet, dans son *Traité de Paléontologie,* admet les cinq divisions de M. d'Orbigny, tout en reconnaissant que ces familles sont faiblement limitées et fondées sur des caractères souvent de peu de valeur.

La classification des Eponges fossiles que nous proposons dans ce travail n'est plus, comme celle des auteurs qui nous ont précédés, basée sur la nature si variable des tissus et sur la forme plus variable encore de l'ensemble : nous n'attachons à la manière dont les fibres s'entrecroisent pour former des réseaux variés, ou à la présence et à la forme des spicules dans les tissus, qu'une valeur tout-à-fait secondaire; car ici, comme chez les êtres plus élevés, ce n'est pas la forme ou la composition du squelette qui détermine la nature des fonctions, mais bien les fonctions elles-mêmes qui impriment à l'ensemble de l'animal la forme particulière qui le caractérise.

Bien que les Eponges soient placées aux dernières limites de la série animale et qu'elles soient dépourvues de presque tous les organes que l'on rencontre chez les animaux supérieurs, cependant nous avons vu comment l'éponge prenait naissance, se nourrissait et se développait; nous avons vu aussi que plus l'activité nutritive se faisait sentir, et plus l'éponge offrait d'organes servant à l'absorption ou à l'exhalation des liquides. Nous avons expliqué l'usage des pores, des oscules et des tubules; et c'est en nous basant sur la présence ou l'absence de ces organes principaux, et qui sont pour l'Eponge les représentants rudimentaires des organes de la digestion chez les animaux supérieurs, que nous avons établi pour les éponges fossiles de grandes coupes, bien limitées et qui, outre l'avantage de former des groupes naturels, ont encore celui de soulager la mémoire et de faciliter le classement des Spongitaires.

Nous ne nous occuperons ici que des sous-ordres, des familles et des genres, en donnant après la description de ces derniers le meilleur exemple d'espèce figurée que nous ayons pu trouver; car l'étude des espèces est encore entièrement à faire, et il faudrait pour y parvenir, non-seulement comparer et étudier avec soin tout ce qui a paru dans les ouvrages, mais posséder encore les échantillons eux-mêmes afin d'en déterminer d'une manière précise les caractères.

CLASSE DES ÉPONGES *(SPONGIÆ)*.

Animaux polymorphes, fixés aux corps sous-marins, n'offrant plus d'organes de sensibilité et de mouvement, composés d'une substance homogène, gélatiniforme, percée d'ouvertures qui représentent les organes de la digestion et soutenue par un squelette formé de spicules seulement, ou de fibres et de spicules. Les fibres sont constituées par une matière cornée ou pierreuse.

Les Eponges se divisent naturellement en deux ordres : le premier renferme celles dont le squelette est formé de spicules, ou de spicules et de fibres cornées ; le second comprend toutes les espèces dont le squelette est constitué par un réseau pierreux, qu'il renferme ou non des spicules. — Nous avons donné au premier ordre le nom de SPONGIAIRES (SPONGIARIA) qui reconnaît pour type l'éponge commune (*Spongia offi- cinalis*), et nous désignons le second ordre par le nom de SPONGITAIRE (SPONGITARIA), mot dérivé de *Spongites* et employé par Pline pour indi- quer des éponges fossiles pierreuses.

Bien que le premier ordre renferme une famille de fossiles *(les Clio- nides)*, nous ne croyons pas que ces animaux soient assez connus par les traces qu'ils ont laissées dans quelques coquilles, et nous ne nous occu- perons ici, d'une manière spéciale, que des Eponges fossiles qui compo- sent entièrement le second ordre.

Nous emploierons encore ici la méthode dichotomique que nous avons déjà mise en usage dans la *Descriptiondes polypiers de l'étage Néocomien*, et notre *Introduction à l'étude des polypiers fossiles*, présentée à la So- ciété d'Emulation de Besançon, au mois d'avril 1858 ; car cette méthode nous paraît la plus propre à faciliter les recherches et à mettre en relief les différences qui séparent les familles et les genres.

CLASSE DES ÉPONGES *(SPONGIÆ)*.

1 {
Éponges à squelette formé de spicules seulement, ou de spicules
et de fibres cornées . . . . 1ᵉʳ. Ordre. Spongiaria.
Éponges à squelette formé de fibres testacées avec ou sans
spicules . . . . 2ᵉ. Ordre. Spongitaria. 2.
}

2ᵉ. Ordre. SPONGITAIRES *(SPONGITARIA)*.

2 {
Spongitaires munis de tubules . . . . Spongitaria tubulosa. 3.
Spongitaires dépourvus de tubules . . . . 17.
}

1ᵉʳ. Sous-Ordre. SPONGITAIRES TUBULÉS *(SPONGITARIA TUBULOSA)*.

3 {
Spongier possédant un ou plusieurs tubules isolés . . . . 4.
Spongier possédant des tubules réunis en faisceaux ou disposés en série . . . . 14.
}
4 {
Spongier possédant des tubules, des oscules et des pores . . . . 5.
Spongier possédant des tubules et des pores seulement , ... 12.
}

1ʳᵉ. *Famille.* EUDÉENS.

5 {
Spongier ayant des oscules superficiels . . . . 6.
Spongier ayant des oscules perforants . . . . 9.
}
6 {
Spongier fungiforme, composé d'une tige supportant un cône tubulé, couvert
d'oscules sur sa partie supérieure et lisse à sa partie inférieure. *Hippalimus* (ɪ).
Spongier tubuleux, ou subtubuleux, mais n'ayant jamais la forme d'un cône . . 7.
}
7 {
Une épithèque . . . . *Epeudea* (ɪɪ).
Point d'épithèque . . . . 8.
}
8 {
Spongier simple . . . . *Eudea* (ɪɪɪ).
Spongier composé . . . . *Discudea* (ɪv).
}
9 {
Spongier n'étant pas porté sur une racine élevée . . . . 10.
Spongier porté sur une tige racineuse élevée . . . . 11.
}
10 {
Spongier simple . . . . *Cnemidium* (v).
Spongier composé . . . . *Polycnemiseudea* (vɪ).
}
11 {
Un seul spongite sur une racine . . . . *Siphonia* (vɪɪ).
Plusieurs spongites sur une seule racine . . . . . . *Polysiphoneudea* (vɪɪɪ).
}

2ᵉ. *Famille.* SIPHONOCOELIENS.

12 {
Tubules divisés en étages par des planchers . . . . *Verticillites* (ɪx).
Point de planchers dans les tubules . . . . 13.
}
13 {
Spongier simple, isolé . . . . *Siphonocœlia* (x).
Spongier composé . . . . *Polycœlia* (xɪ).
}

3ᵉ. *Famille.* IEREENS.

2ᵉ. Sous-Ordre. SPONGITAIRES OSCULÉS (*SPONGITARIA OSCULATA*).

4ᵉ. *Famille* EPITHÉLIENS.

5ᵉ. *Famille.* STELLISPONGIENS.

6ᵉ. *Famille.* CRIBROSCYPHIENS.

9e. *Famille*. POROSMILIENS.

10e. *et dernière Famille*. AMORPHOFONGIENS.

Dans le tableau dichotomique que nous venons de donner des sous-ordres, des familles et des genres, nous avons conservé encore les noms qui ont été employés anciennement, quoique souvent leur terminaison soit plutôt en rapport avec d'autres classes d'animaux, comme la terminaison *pora*, par exemple, qui est plus spécialement appliquée à des genres de Bryozoaires. M. d'Orbigny, contrairement à ce qu'il a fait dans d'autres circonstances, n'a pas cherché pour les Éponges fossiles à donner aux noms des genres nouveaux qu'il a créés une terminaison semblable pour chaque famille, mais différente de famille à famille. Les 21 genres qu'il a fondés, dans son *Cours élémentaire de Paléontologie*, sont tous désignés par des noms qui se terminent invariablement par le mot *spongia*, quelle que soit la famille à laquelle ils appartiennent.

Nous avons, au contraire, pour les genres nouveaux que nous avons dû créer, donné des terminaisons différentes aux noms des genres, suivant qu'ils rentrent dans telle ou telle famille ; terminaisons qui peuvent facilement être substituées à celles qui existent dans les noms anciens.

Malgré tout le respect que nous avons pour la priorité et les droits que chaque auteur possède à la conservation des mots qu'il a créés, nous ne croyons pas cependant qu'une science qui progresse doive être arrêtée dans sa marche par des questions de mots ou de priorité, et nous pensons qu'une classification, pour être bonne et durable, doit présenter à sa naissance tous les éléments qui peuvent la rendre claire, facile et applicable aux faits à venir.

A l'exemple de ce qui a été fait pour d'autres branches des sciences naturelles, nous *proposons* dans le tableau suivant des noms de genres ayant une terminaison semblable pour toute une famille, en conservant toutefois dans la composition de ces mots la racine des noms créés anciennement.

ORDRE DES SPONGITAIRES *(SPONGITARIA)*.

1er. Sous-Ordre. SPONGITAIRES TUBULÉS *(SPONGITARIA TUBULOSA)*.

1re. *Famille*. EUDÉENS.

NOMS PROPOSÉS.	NOMS ANCIENS.	
Genre. 1. HIPPALIMEUDEA	HIPPALIMUS	*Lamouroux.*
— 2. EPEUDEA.	EPEUDEA	*E. de Fromentel.*
— 3. EUDEA.	EUDEA	*Lamouroux.*
— 4. DISEUDEA.	DISEUDEA	*E. de From.*
— 5. CNEMISEUDEA.	CNEMIDIUM	*Goldfuss.*
— 6. POLYCNEMISEUDEA.	POLYCNEMISEUDEA	*E. de From.*
— 7. SIPHONEUDEA.	SIPHONIA	*Parkinson.*
— 8. POLYSIPHONEUDEA.	POLYSIPHONEUDEA	*E. de From.*

2e. *Famille*. SIPHONOCOELIENS.

— 9. VERTICILLOCOELIA.	VERTICILLITES.	*Ellis.*
— 10. SIPHONOCOELIA.	SIPHONOCOELIA	*E. de From.*
— 11. POLYCOELIA.	POLYCOELIA	*E. de From.*

3e. *Famille*. JEREENS.

— 12. IEREA.	IEREA	*Lamouroux.*
— 13. POLYIEREA.	POLYIEREA	*E. de From*
— 14. MARGINOIEREA.	MARGINOSPONGIA	*d'Orbigny.*
— 15. ELASMOIEREA.	ELASMOIEREA	*E. de From.*

2ᵉ. Sous-Ordre. SPONGITAIRES OSCULÉS (*SPONGITARIA OSCULATA*).

4ᵉ. *Famille*. EPITHELIENS.

NOMS PROPOSÉS.	NOMS ANCIENS.
Genre. 16. LYMNOREOTHELES . . .	LYMNOREA . . . . . *Lamouroux*.
— 17. EPITHELES	EPITHELES . . . . . *E. de From*.
— 18. MONOTHELES	MONOTHELES . . . . *E. de From*.

5ᵉ. *Famille*. STELLISPONGIENS.

— 19. VERRUCOSPONGIA. . . .	VERRUCOSPONGIA . . . . *d'Orbigny*.
— 20. STELLISPONGIA.	STELLISPONGIA . . . . . *d'Orb*.
— 21. OCULOSPONGIA.	OCULOSPONGIA . . . *E. de From*.
— 22. SPARSISPONGIA.	SPARSISPONGIA . . . . . *d'Orb*.
— 23. TREMOSPONGIA	TREMOSPONGIA . . . . . . *d'Orb*.

6ᵉ. *Famille*. CRIBROSCYPHIENS.

— 24. CRIBROSCYPHIA	CRIBROSPONGIA . . . . . . *d'Orb*.
— 25. COSCINOSCYPHIA . . .	COSCINOPORA . . . . . *Goldfuss*.
— 26. GUETTARDISCYPHIA . . .	GUETTARDIA . . . . . *Michelin*.
— 27. RISOSCYPHIA	RISOSPONGIA . . . . . . *d'Orb*.
— 28. OCELLARIOSCYPHIA . . .	OCELLARIA . . . . . . *Lamarck*.
— 29. CHENENDROSCYPHIA . . .	CHENENDROPORA . . . *Lamouroux*.
— 30. GONIOSCYPHIA	GONIOSPONGIA . . . . . . *d'Orb*.
— 31. RETISCYPHIA	RETISPONGIA . . . . . . *d'Orb*.
— 32. CAMEROSCYPHIA	CAMEROSPONGIA . . . . . *d'Orb*.

7ᵉ. *Famille*. ELASMOSTOMIENS.

— 33. PLEUROSTOMA	PLEUROSTOMA . . . . . . *Rœmer*.
— 34. DIPLOSTOMA	DIPLOSTOMA . . . . . *E. de From*.
— 35. ELASMOSTOMA	ELASMOSTOMA . . . . *E. de From*.
— 36. POROSTOMA	POROSPONGIA . . . . . . *d'Orb*.

3ᵉ. Sous-Ordre. SPONGITAIRES POREUX (*SPONGITARIA POROSA*).

8ᵉ. *Famille*. CUPULOCHONIENS.

— 37. COELOCHONIA	COELOPTICHUM . . . . *Goldfuss*.
— 38. CUPULOCHONIA	CUPULOSPONGIA . . . . . *d'Orb*.
— 39. PALÆOCHONIA . . . . ,	PALÆOSPONGIA . . . . . *d'Orb*.

9ᵉ. *Famille.* PLOCOSMILIENS.

Genre. 40. THALAMOSMILA.	THALAMOSPONGIA	*d'Orb.*
— 41. POROSMILA.	POROSMILA	*E. de From.*
— 42. TETRASMILA.	TETRASMILA	*E. de From.*
— 43. PLOCOSMILA.	PLOCOSCYPHIA	*Reuss.*

10ᵉ. *et dernière Famille.* AMORPHOFONGIENS.

— 44. TURONIFUNGIA	TURONIA	*Michelin.*
— 45. ENAULOFUNGIA	ENAULOFUNGIA . . .	*E. de From.*
— 46. ACTINOFUNGIA	ACTINOSPONGIA	*d'Orb.*
— 47. LEIOFUNGIA	LEIOSPONGIA	*d'Orb.*
— 48. STROMATOFUNGIA. . . .	STROMATOPOPA	*Blainville.*
— 49. AMORPHOFUNGIA . . .	AMORPHOSPONGIA	*d'Orb.*

DEUXIÈME PARTIE.

Ordre des SPONGITAIRES *(SPONGITARIA)*.

Éponges dont le squelette est constitué par un réseau solide, polymorphe et formé de fibres testacées avec ou sans spicules.

Cet ordre se distingue de celui des *Spongiaires* par sa nature pierreuse. Celui-ci peut présenter aussi des particules calcaires ou siliceuses ; mais jamais elles ne constituent un squelette solide et ne résistent pas à la destruction du sarcoïde. Les fibres cornées des Spongiaires peuvent aussi s'encroûter de carbonate de chaux ; mais ce dépôt, qui ne se remarque que sur les parties de l'éponge où la vie réelle ne se manifeste plus, ne peut être regardé comme un tissu propre à l'éponge, et, dans aucun cas, il n'offre une solidité qui puisse être comparée à celle des Spongitaires.

Tous les Spongitaires sont fossiles ; les genres composant cet ordre se sont éteints au commencement des terrains tertiaires, c'est-à-dire long-temps avant l'époque actuelle.

1er. SOUS-ORDRE. SPONGITAIRES TUBULÉS *(SPONGITARIA TUBULATA)*.

Ce premier sous-ordre diffère des deux autres en ce que les Spongitaires qu'il renferme possèdent tous des tubules, tandis que les deux autres sous-ordres suivants ne comprennent que les Spongitaires munis d'oscules ou de pores, mais sans tubules.

1re. FAMILLE. EUDÉENS (*Eudeidæ*).

SIPHONIDÆ (pars), *d'Orbigny*, Cours élém. de géol., 1849.
SIPHONIENS (pars), *Pictet*, Traité de Paléont., 1857.

Le spongier est simple ou composé, percé d'un tubule qui occupe le centre de chaque spongite. Ceux-ci affectent généralement une forme tubuleuse ou cylindro-turbinée. La paroi externe est munie d'oscules superficiels ou perforants suivant les genres, et le sommet criblé de pores plus grands que ceux de la surface. Il existe quelquefois une épithèque.

GENRE Ier. HIPPALIMEUDEA (*HIPPALIMUS*).

HIPPALIMUS, *Lamouroux*, Expos. mét. des Pol., 1821.
HIPPALIMUS (pars), *d'Orbigny*, Prod., 1848.

Spongier fungiforme, composé d'un cône percé à son centre par un tubule profond, et supporté par un pédicule étroit. La partie inférieure du cône est plane et sans oscules; les parties supérieures et latérales sont garnies d'oscules irréguliers et superficiels.

Le genre *Hippalimeudea* (Hippalimus) diffère du genre *Eudea* par la forme du spongier, son pédicule étroit et l'absence d'oscules sur sa partie inférieure. M. d'Orbigny a étendu à tort les limites de ce genre et y a fait rentrer une quantité considérable de spongitaires qui diffèrent complètement des *Hippalimeudea*, tant par leur forme que par l'absence totale d'oscules à leur surface, et pour lesquels nous avons été obligé de créer les genres *Siphonocœlia* et *Polycœlia*, qui appartiennent à une autre famille.

Espèce unique : *Hippalimeudea fungoides*, E. de From ; — *Hippalimus fungoides*, Lamouroux, loc. cit. ; — Cénomanien : Calvados, Villers.

GENRE II. EPEUDEA.

EUDEA (pars), *d'Orbigny*, loc. cit., 1849.
EUDEA (pars), *Michelin*, Icon. Zooph., 1846.

Spongier simple, pédiculé, subtubuleux ; tubule central occupant toute la hauteur du spongier ; des oscules superficiels sur toute la paroi ; une forte épithèque s'élève de la base du pédicule, recouvre toute la surface extérieure, sans cacher les oscules que souvent elle borde d'un léger bourrelet. La partie supérieure avoisinant l'ouverture tubuleuse est fortement poreuse.

Ex. : *Epeudea cribraria*, E. de From. ; — *Eudea cribraria*, Michelin, *Icon. Zooph.*, pl. LVIII, fig. 8 *a*, 8 *b*, 8 *c* ; — Bathonien : Luc, Ranville.

GENRE III. EUDEA.

EUDEA, *Lamouroux*, loc. cit., 1821.

EUDEA (pars), *d'Orbigny*, loc. cit., 1849.

Spongier simple, pédicellé, subconique, percé dans presque toute sa hauteur d'un tubule rond ; des oscules superficiels sur toute la paroi externe, qui est très-poreuse ; point d'épithèque.

Ce genre ne diffère du précédent que par l'absence totale de l'épithèque.

Ex. : *Eudea gracilis*, d'Orbigny, *Prod.*, t. I, p. 208 ; — *Myrmecium gracile*, Munster, *Beitr. zur. Petref.*, p. 31, pl. I ; fig. 26 et 27, 1841. — Saliférien : St.-Cassian.

GENRE IV. DISEUDEA.

EUDEA (pars), *d'Orbigny*, loc. cit.

Spongier composé, formé de spongites tubuleux, munis d'un tubule central profond, et d'oscules irréguliers sur la paroi externe. Les oscules sont superficiels, et les spongites, unis par leur base, donnent lieu à un ensemble cespiteux.

Ce genre présente tous les caractères du genre précédent, mais il en diffère par son spongier composé.

Ex. : *Diseudea lagenaria*, E. de From. ; — *Siphonia lagenaria*, Michelin, loc. cit., pl. LVIII, fig. 5. — Bathonien : Luc, Ranville.

GENRE V. CNEMISEUDEA *(CNEMIDIUM)*.

CNEMIDIUM, *Goldfuss*, Petref. germ., 1826.

Spongier simple, cylindro-conique, pédicellé, à surface supérieure

généralement épaisse, aplatie et percée au centre d'un tubule large
et arrondi ; paroi externe rugueuse et souvent costulée, présentant
des oscules perforants, dont les canaux vont s'ouvrir dans le tubule en
suivant une direction sensiblement horizontale.

Ce genre est facile à distinguer des précédents par la présence,
chez les espèces qu'il renferme, d'oscules perforants.

Ex. : *Cnemiseudea costata*, E. de From. ; — *Cnemidium costatum*,
d'Orbigny, *Prod.*, t. I, p. 389 ; — *Scyphia costata*, Goldfuss, *Petref.
germ.*, pl. II, fig. 10. — Oxfordien : Baireuth, Allemagne.

GENRE VI. POLYCNEMISEUDEA.

CNEMIDIUM (pars), *d'Orbigny*, loc. cit., 1848.

Ce genre présente tous les caractères des *Cnemiseudea*, mais il s'en
distingue par son spongier composé. Chaque spongite est uni aux
autres par une base généralement assez large pour que, détaché de
l'ensemble, il ne puisse être confondu avec une espèce du genre précédent.

Ex. : *Polycnemiseudea gregaria*, E. de From. ; — *Cnemidium grega-
rium*, d'Orbigny, *Prod.*, t. II, p. 285. — Senonien : Tours.

GENRE VII. SIPHONEUDEA (*SIPHONIA*).

SIPHONIA, *Parkinson*, 1811. — HALIRRHŒA, *Lamouroux*, 1821.

Spongier simple, globuleux ou pyriforme, porté par une tige élevée
et racineuse ; sommet percé d'un tubule qui n'atteint pas ordinairement toute la profondeur du spongite ; oscules irréguliers, épars, sur
toute la surface, excepté sur la tige et les racines, et servant d'ouverture à des canaux irréguliers qui aboutissent au tubule.

Ce genre diffère des *Cnemiseudea* par sa forme et par sa tige racineuse. Son tubule est aussi moins profond, et les canaux osculaires
qui s'y ouvrent affectent une direction moins horizontale. Les canaux,
placés inférieurement, sont très-obliques et se rapprochent même un
peu de la verticale pour venir s'ouvrir dans le tubule.

Ex. : *Siphoneudea ficus*, E. de From. ; — *Siphonia ficus*, Goldfuss, *Petref. germ.* , pl. LXV, fig. 14, 1833 ; — d'Orbigny, *Cours élém. de géol.* , fig. 336, 1848. — Cénomanien : Blackdow ; Quedlimbourg.

Genre VIII. POLYSIPHONEUDEA.

Siphonia (pars), *Michelin*, Icon. Zooph., 1846.
Siphonia (pars), *d'Orbigny*, loc. cit., 1848.

Ce genre ne diffère du précédent qu'en ce que le spongier est composé, et que les spongites qui le forment sont disposés sur une même tige racineuse, d'aspect arborescent. Le pédicule par lequel chaque spongite tient à la racine est généralement assez mince.

Ex. : *Polysiphoneudea arbuscula* ; — *Siphonia arbuscula*, Michelin, *Icon. Zooph.* , pl. XXXIII, fig. 2. — Sénonien : Tours.

(Les tubules, dans cette figure, paraissent bouchés par des matières étrangères, et les oscules ne sont pas assez indiqués.)

2ᵉ. FAMILLE. SIPHONOCOELIENS.

Siphonidæ (pars), *d'Orbigny*, loc. cit.

Spongier simple ou composé, de forme généralement tubuleuse ; un tubule profond occupe toute la hauteur du spongite ; les parois latérales, très-poreuses, n'offrent aucun oscule.

Cette famille se distingue de la première par l'absence complète des oscules de la surface.

Genre IX. VERTICILLOCOELIA (*VERTICILLITES*).

Verticillites, *Ellis.*
Verticillipora, *de Blainville.*
Verticillites, Defrance, 1828.

Spongier simple, composé de couches superposées et infundibuliformes donnant naissance à un ensemble creux, dont la cavité médiane (tubule) est divisée par des cloisons horizontales qui la sépa-rent en étages. Il n'existe point d'oscules, et la surface est percée de pores serrés et nombreux.

L'espèce type, pour laquelle ce genre a été créé, a d'abord été pla-cée parmi les Bryozoaires. MM. Defrance d'abord, et d'Orbigny, plus tard, l'ont fait rentrer parmi les éponges fossiles. Ce dernier auteur le décrit : un *Hippalimus* (Siphonocœlia), dont l'intérieur est divisé par des cloisons transverses qui forment autant de petites chambres.

Ce genre nous paraît très-douteux ; et si nous l'avons conservé parmi les Spongitaires, c'est parce que M. d'Orbigny cite trois espè-ces qui nous sont entièrement inconnues, et qui pourraient bien être des spongitaires. Cependant, comme nous l'avons fait remarquer plus haut, la présence de cloisons transversales dans les tubules nous paraît une anomalie fonctionnelle ; car on ne comprend pas comment un or-gane, destiné à la sortie des liquides, peut être obstrué par des dia-phragmes. C'est donc sous toutes réserves que nous plaçons ce genre parmi les éponges fossiles.

Ex. : *Verticillocœlia incrassata*, de From., *Verticillites incrassata*, d'Orbigny, 1849, *Prod.*, t. II, p. 186. — Cénomanien : Le Havre.

Le *Verticillites Goldfussii*, d'Orb., *Prod.*, t. II, p. 285 ; — *Scyphia Verticillites*, Goldfuss, *Petref. germ.*, pl. LXV, fig. 9, pourrait bien appartenir au genre *Eudea*.

GENRE X. SIPHONOCOELIA.

HIPPALIMUS (pars), *d'Orbigny*, loc. cit., 1849.

Spongier simple, cylindro-conique, allongé et pédicellé ; tubule rond et profond ; parois latérales garnies de pores nombreux et irré-guliers.

Ce genre comprend une partie des *Hippalimus*, de M. d'Orbigny et se distingue de celui que nous avons décrit, par la forme exté-rieure et l'absence d'oscules ; il diffère du *Verticillocœlia* par son tubule entier, et non divisé en étages par des planchers.

Ex. : *Siphonocœlia elegans* ; — *Hippalimus elegans*, d'Orbigny, *Prod.*,

t. I, p. 390 ; — *Scyphia elegans*, Goldfuss, *Petref. germ.*, pl. II, fig. 5.
— Oxfordien : Thurnau.

GENRE XI. POLYCOELIA.

HIPPALIMUS (pars) et HEMISPONGIA , *d'Orbigny*, loc. cit.

Les fossiles composant ce genre présentent tous les caractères des
Siphonocœlia ; seulement le spongier ici est composé, et les spongites
sont unis plus ou moins intimement entre eux.

Les Polycœlies présentent trois types principaux : le type cespiteux,
le type arborescent et le type massif.

1. POLYCOELIÆ CESPITOSÆ.

Ex. : *Polycœlia cymosa ;* — *Scyphia cymosa*, Michelin, *Icon. Zooph.*,
pl. LVIII, fig. 3. — Bathonien : Ranville.

2. POLYCOELIÆ ARBORESCENTES.

Ex. : *Polycœlia pistilloides ;* — *Scyphia pistilloides*, Michelin, loc.
cit., pl. LIV, fig. 4. ; — *Eudea pistilliformis*, d'Orbigny, *Prod.*, t. I,
p. 325. — Bathonien : Ranville.

3. POLYCOELIÆ SOLIDÆ.

Ex. : *Polycœlia pilula ;* — *Spongia pilula*, Michelin, loc. cit., pl. VII,
fig. 5. — Turonien : Uchaux.

3e. FAMILLE. IEREENS.

SPARSISPONGIDÆ (pars), *d'Orbigny*, 1849.

Spongier simple, composé, massif, arborescent ou cupuliforme ; tubules jamais isolés, mais réunis en faisceau ou en série, et quelquefois
groupés sans ordre dans l'épaisseur du tissu.

Les tubules, chez les fossiles de cette famille, offrent généralement
un diamètre assez petit et une profondeur considérable.

Elle se distingue des deux premières par ses tubules associés.

GENRE XII. IEREA.

IEREA, *Lamouroux*, 1821.
IEREA (pars), *d'Orbigny*, 1849.

Spongier simple, globuleux ou tubuleux, percé au centre d'un faisceau de tubules qui s'étendent dans toute la hauteur du spongier. Les tubules ont sensiblement le même diamètre. La surface extérieure est très-poreuse et souvent présente des oscules irréguliers.

Ex. : *Ierea nuciformis*, d'Orbigny, *Prod.*, t. II, p. 286 ; — *Ierea excavata*, Michelin, *Icon.*, pl. XXXIII, fig. 3. — Sénonien : Tours.

GENRE XIII. POLYIEREA.

IEREA (pars), *Michelin*, 1844.
IEREA (pars), *d'Orbigny*, 1849.

Spongier composé, massif, cespiteux ou arborescent. Les faisceaux de tubules sont disposés çà et là sur une masse polymorphe et constituent autant de spongites ayant un centre d'activité vitale distinct.

Ex. : *Polyierea gregaria* ; — *Ierea gregaria*, Michelin, *Icon. Zooph.*, pl. XXXVIII, fig. 3. — Sénonien : Châteauvieux.

GENRE XIV. MARGINOIEREA (*MARGINOSPONGIA*).

MARGINOSPONGIA, *d'Orbigny*, loc. cit., 1849.

Spongier en forme de coupe assez régulière, à parois épaisses et percées, sur leurs tranches, de tubules agglomérés, sans ordre, et qui descendent dans toute la hauteur de la coupe.

La forme qu'affectent les spongiers de ce genre les fait facilement distinguer des deux genres précédents.

Ex. : *Marginoierea infundibulum* ; — *Marginospongia infundibulum*, d'Orbigny, *Prod.*, t. II, p. 187 ; — *Chenendopora Parkinsoni*, Michelin, *Icon. Zooph.*, pl. XXXI, fig. 1.—Cénomanien : Villers, le Havre.

Genre XV. ELASMOIEREA.

Spongier constitué par des lames pouvant se plier diversement, mais n'affectant jamais la forme d'une coupe. Les tubules qui s'ouvrent sur la tranche supérieure sont souvent placés en série unique, mais se montrent quelquefois plusieurs de front. Lorsque la lame est mince, le trajet des tubules est indiqué, sur les parois externes, par de légers renflements.

Ex. : *Elasmoierea Sequana*. Spongier formé d'une lame assez souvent plissée et mince. Paroi latérale finement et régulièrement poreuse. Tubules placés en séries simples et larges de 1 à 1 1/4 millim., et souvent indiqués intérieurement par un léger renflement de la paroi externe. Hauteur de la lame : 3 à 3 1/2 centim. Epaisseur : 3 à 4 millim.

Néocomien inférieur : Germigney (Haute-Saône).

2ᵉ. SOUS-ORDRE. SPONGITAIRES OSCULÉS *(SPONGITARIA OSCULATA)*.

Le spongier est simple ou composé, dendroïde, lamelleux, cupuliforme ou massif. Les espèces de ce second sous-ordre ne possèdent plus de tubules, et elles n'ont pour organes digestifs que des oscules et des pores. Les oscules sont ici généralement superficiels et jamais pénétrants.

4ᵉ. FAMILLE. ÉPITHÉLIENS.

Lymnoreidæ (pars), *d'Orbigny*, loc. cit., 1849.

Spongier simple ou composé, couvert le plus souvent d'une épithèque membraniforme qui enveloppe une partie du spongite. Surface très-poreuse, présentant à son sommet un oscule arrondi ou étoilé.

Genre XVI. LYMNOREOTHELES (*LYMNOREA*).

Lymnorea, *Lamouroux*, 1821.

Spongier composé, subdendroïde, formé par la réunion de spongites globuleux ou pyriformes, couverts d'une forte épithèque sur une grande partie de leur surface, et présentant, à leur sommet, un oscule rond ou étoilé.

Ex. : *Lymnoreotheles Michelini;* — *Lymnorea Michelini*, d'Orbigny, *Cours élém. de géol.*, p. 213, pl. CCCXXXVII; — *Lymnorea mamillosa*, Michelin, *Icon. Zooph.*, pl. LVII, fig. 10. — Bathonien : Luc, Ranville.

Le mot *Lymnorea* ayant encore été employé par Péron et Lesueur, pour désigner un genre d'Acalèphe, nous pensons que ce mot ne doit pas être de nouveau employé pour des Spongitaires.

GENRE XVII. EPITHELES.

LYMNOREA (pars), *d'Orbigny*, loc. cit., 1849.

Spongier simple, pyriforme, subpédiculé, couvert depuis la base d'une forte épithèque qui monte jusqu'à la moitié de la hauteur du spongite. Le reste de la surface est fortement poreux et présente, au sommet, un oscule plus ou moins étoilé

Ce genre ne diffère du précédent qu'en ce que le spongier est toujours simple.

Ex. : *Epitheles hemisphærica;* — *Lymnorea hemisphærica*, d'Orbigny, *Prod.*, t. I, p. 390; — *Myrmecium hemisphæricum*, Goldfuss, *Petref. germ.*, pl. VI, fig. 12. — Oxfordien? (peut-être Corallien) : Baruth, Thurnau.

GENRE XVIII. MONOTHELES.

Ce genre se distingue du genre précédent par l'absence complète de l'épithèque. Le spongier est pyriforme, assez régulièrement poreux, et présente, à son sommet arrondi, un oscule étoilé ou non.

Ex. : *Monotheles neocomiensis.* Spongier simple, globuleux et un peu pyriforme. Surface assez irrégulièrement poreuse. Sommet arrondi, large et présentant, au centre, un oscule irrégulièrement étoilé. L'oscule est large de 2 millim. et profond de près de 3 millim. Les rayons qui en partent sont profondément creusés dans le parenchyme et larges au plus d'un 1/2 millim.; on en compte six à sept principaux et quelques autres plus petits. Le spongier a de 1 à 1 centim. 1/2 de hauteur et autant de largeur. — Néocomien inférieur : Germigney (Haute-Saône).

Depuis l'époque où nous avons commencé ce travail, nous avons rencontré des fossiles présentant tous les caractères des *Monotheles*, mais réunis en groupe par la base et formant un spongier composé. Dans la description que nous donnerons bientôt des Spongitaires de l'étage néocomien, nous décrirons ces fossiles sous le nom générique de *Distheles*.

5ᵉ. FAMILLE. STELLISPONGIENS.

Sparsispongidæ (pars) et Lymnoreidæ (pars), *d'Orbigny*, loc. cit., 1849.

Le spongier est massif, digité ou mamelonné. Les centres d'individualité ne sont ici représentés que par de légères saillies ou par la présence d'oscules isolés ou groupés. L'épithèque, lorsqu'elle existe, est représentée par une membrane plissée à la base, et jamais elle n'enveloppe le spongier.

GENRE XIX. VERRUCOSPONGIA.

Verrucospongia, *d'Orbigny*, loc. cit., 1849.

Spongier polymorphe, de contexture assez grossière, à la surface duquel s'élèvent des oscules régulièrement arrondis, épars et saillants en tubes.

Ex. : *Verrucospongia sparsa*, d'Orbigny, *Prod.*, t. II, p. 287; — *Manon sparsum*, Reuss, 1829, pl. XVIII, fig. 12-20. — Sénonien : Bohême, Belin.

GENRE XX. STELLISPONGIA.

Stellispongia, *d'Orbigny*, loc. cit., 1849.

Spongier globuleux, étalé ou arborescent. Parenchyme très-poreux et présentant, à sa surface unie, des oscules irrégulièrement étoilés.

Les oscules étoilés et non tubulés de ce genre le font facilement distinguer du précédent.

Ex. : *Stellispongia variabilis,* d'Orbigny, *Cours élém. de géol.,* fig. 338 ; — *Cnemidium variabile,* Munster, pl. Ire., fig. 6. — Saliférien : St.-Cassian.

GENRE XXI. OCULOSPONGIA.

Spongier massif, de forme arrondie ; parenchyme poreux et uni à la surface ; oscules ronds, isolés, épars et légèrement marginés.

Ce genre nouveau diffère du *Verrucospongia* par ses oscules non tubulés, et du *Stellispongia* en ce que ses oscules ne sont pas étoilés par des sillons divergents.

Ex. : *Oculospongia neocomiensis.* Spongier en masse peu épaisse, arrondie, d'un tissu formé de fibres contournées et assez grossières qui renferment les pores. Oscules ronds, légèrement marginés, larges de 1 millim. Ils sont distants d'environ 6 à 8 millim. Ce fossile est le plus souvent adhérent à des tiges de Coralliaires. — Néocomien inférieur : Germigney.

GENRE XXII. SPARSISPONGIA.

SPARSISPONGIA, *d'Orbigny,* loc. cit., 1849.

Spongier sphérique, gibbeux ou rameux, de contexture assez grossière et très-poreuse. Oscules groupés en nombre variable et placés à la surface de petits mamelons.

Ex. : *Sparsispongia polymorpha,* d'Orbigny, *Prod.,* t. I, p. 109 ; — *Stromatopora polymorpha,* Goldfuss, pl. LXIV, fig. 8. — Devonien : Eifel.

GENRE XXIII. TREMOSPONGIA.

TREMOSPONGIA, *d'Orbigny,* loc. cit., 1849.

Spongier en masse subglobuleuse et arrondie, à surface poreuse et sensiblement unie. Des oscules groupés çà et là dans le spongier, dont la base est couverte d'une forte épithèque.

Ex. : *Tremospongia sphærica,* d'Orbigny, *Prod.,* t. II, p. 187 ; —

Lymnorea sphærica, Michelin, *Icon. Zooph.,* pl. LII, fig. 16. — Cénomanien : Le Mans.

6e. FAMILLE. CRIBROSCYPHIENS.

OCELLARIDÆ (pars), SIPHONIDÆ (pars), LYMNOREIDÆ (pars), SPARSISPON-
GIDÆ (pars) (1), d'Orbigny, *Cours élém. de géol.,* 1849.

Spongier en forme de coupe plus ou moins régulière et évasée, muni
d'oscules et de pores, et libre ou porté par des racines.

La forme de coupe qu'affectent les genres de cette famille la fait facilement distinguer des deux précédentes.

GENRE XXIV. CRIBROSCYPHIA (CRIBROSPONGIA).

TRAGOS , *Goldfuss ,* 1830.
CRIBROSPONGIA, *d'Orbigny ,* 1849.
FOROSPONGIA (pars), *d'Orbigny ,* id.

Spongier cupuliforme, dont les surfaces externe et interne sont munies
d'oscules ronds ou irréguliers et souvent placés en série. Le reste de
l'ensemble est poreux.

Nous avons cru devoir faire rentrer dans ce genre toutes les espèces
du genre *Forospongia* de M. d'Orbigny, quand elles ont un spongier
cupuliforme, car elles présentent alors les caractères génériques des *Cribroscyphia.*

Ex. : *Cribroscyphia polyommata ; — Cribrospongia polyommata,* d'Orbigny, *Prod.,* p. 337, t. I ; — *Scyphia polyommata ,* Goldfuss, *Petref.
germ.,* pl. II, fig. 16. — Oxfordien : St.-Maixent, Stretlberg.

GENRE XXV. COSCINOSCYPHIA (COSCINOPORA).

COSCINOPORA, *Goldfuss,* loc. cit., 1826.
COSCINOPORA, *d'Orbigny ,* loc. cit., 1849.

---

(1) Non *Spasispongidæ ,* qui renferme une faute typographique.

Spongier affectant la forme d'une coupe très-régulière et soutenue par des racines. Des oscules réguliers, de forme carrée, et placés en quinconce, couvrent les parois externe et interne, et sont séparés par des pores fins et nombreux.

Ex. : *Coscinoscyphia cupuliformis; — Coscinopora cupuliformis,* d'Orbigny, *Cours élém. de géol.,* pl. CCCXXXIII; — *Coscinopora infundibuliformis,* Michelin, *Icon. Zooph.,* pl. XXIX, fig. 1. — Sénonien : Tours, Chinon, Provins, Meudon, etc.

GENRE XXVI. GUETTARDISCYPHIA (*GUETTARDIA*).

GUETTARDIA, *Michelin,* loc. cit., 1844.

Les espèces qui composent ce genre sont constituées par un spongier présentant les mêmes caractères que le genre précédent, quant à la nature du tissu et la disposition des oscules à la surface; mais, au lieu de former une coupe évasée et régulière, les parois du spongier du *Guettardiscyphia* s'enfoncent de quatre ou cinq points opposés, s'infléchissent vers le centre et donnent naissance, au sommet, à une croix à quatre ou cinq branches, formées des deux parois rapprochées.

Ex. : *Guettardiscyphia stellata; — Guettardia stellata,* Michelin, *Icon. Zooph.,* pl. XXX, fig. 1.—Sénonien : Honfleur, Noirmoutier (Vendée).

GENRE XXVII. RIZOSCYPHIA (*RIZOSPONGIA*).

RIZOSPONGIA, d'Orbigny, 1849.

Spongier cupuliforme, porté par une racine rameuse et couvert, sur sa face interne, d'oscules nombreux. La surface extérieure et les racines sont cachées par une forte épithèque.

Ex. : *Rizoscyphia pictonica;—Rizospongia pictonica,* d'Orbigny, *Prod.,* t. II, p. 286;—*Polythecia pictonica,* Michelin, *Icon. Zooph.,* pl. XXXVII, fig. 1 (mauvaise figure). — Sénonien : Angoulême, Tours, etc.

GENRE XXVIII. OCELLARIOSCYPHIA *(OCELLARIA)*.

OCELLARIA, *Lamarck*, 1816.

Spongier en forme de coupe assez régulière. La paroi interne est munie d'oscules irréguliers, et la paroi externe est formée par un réseau de rameaux dichotomes et espacés.

Ex. : *Ocellarioscyphia radiata;—Ocellaria radiata*, d'Orbigny, *Prod.*, 1849; — *Ventriculites radiatus*, Mantell, pl. XV, fig. 3. — Sénonien : Sussex.

GENRE XXIX. CHENENDROSCYPHIA *(CHENENDROPORA)*.

CHENENDROPORA, *Lamouroux*, 1821.

Spongier cupuliforme, à surface interne garnie d'oscules plus ou moins réguliers. La paroi extérieure est finement réticulée et poreuse. Point d'épithèque.

Ce genre se distingue du *Rizoscyphia* par l'absence de racine et d'épithèque, et des *Ocellarioscyphia* par la nature de sa paroi extérieure.

Ex. : *Chenendroscyphia marginata ;* — *Chenendropora marginata,* Michelin, *Icon. Zooph.*, pl. XXVIII, fig. 7. — Sénonien : Meudon, Châteauvieux, Allemagne, Bohême.

GENRE XXX. GONIOSCYPHIA *(GONIOSPONGIA)*.

GONIOSPONGIA, *d'Orbigny*, 1849.

Spongier en forme de coupe, quelquefois très-évasée, quelquefois s'allongeant comme un tube. Tissu formé par des filaments qui se coupent à angles droits et qui circonscrivent les oscules placés dans l'intérieur des espaces carrés. Pores fins et nombreux, disposés entre les oscules.

La nature particulière du réseau des espèces de ce genre ne permet pas de les confondre avec les autres, qui ne présentent jamais cette contexture.

Ex. : *Gonioscyphia striata; — Goniospongia striata*, d'Orbigny, *Prod.*, t. I, p. 389 ; — *Scyphia striata*, Goldfuss, *Petref. germ.* , pl. XXXII. fig. 3. — Oxfordien : Muggendorf, Streitleberg.

GENRE XXXI. RETISCYPHIA *(RETISPONGIA)*.

RETISPONGIA et PERISPONGIA , *d'Orbigny*, loc. cit., 1849.

Spongier cupuliforme, dont la paroi interne est simplement poreuse, tandis que la paroi externe est formée par un réseau irrégulier dans lequel sont les oscules, séparés par des pores petits et nombreux.

M. d'Orbigny a décrit séparément le genre *Perispongia* sans que rien indique, dans sa description, une différence appréciable entre ce genre et les Retispongies.

Ex. : *Retiscyphia Hœninghausii; — Retispongia Hœninghausii*, d'Orbigny, *Prod.*, t. II, p. 281 ; — *Scyphia Hœninghausii*, Goldfuss, pl. LXVII, fig. 7. — Sénonien : Allemagne.

GENRE XXXII. CAMEROSCYPHIA *(CAMEROSPONGIA)*.

CAMEROSPONGIA , *d'Orbigny* , 1849.

Spongier affectant la forme de deux cônes opposés par la base. Le cône supérieur est lisse et percé, à son sommet, d'une ouverture relativement étroite et communiquant avec l'intérieur, qui est rugueux. La surface externe du cône inférieur est garnie d'oscules irréguliers entre lesquels sont les pores.

Espèce unique : *Cameroscyphia fungiformis; — Camerospongia fungiformis*, d'Orbigny, *Prod.*, t. II, p. 285 ; — *Scyphia fungiformis*, Goldfuss, *Petref. germ.*, pl. LXV, fig. 4. — Sénonien : Sens, Rouen, Westphalie, Hanovre.

7ᵉ. FAMILLE. ÉLASMOSTOMIENS.

OCELLARIDÆ (pars) , SPARSISPONGIDÆ (pars), *d'Orbigny* , 1849.

Spongier constitué par des lames de formes différentes , avec ou sans épithèque, et munies d'oscules sur une paroi seulement ou sur les deux, ou bien encore sur les tranches.

Cette famille diffère des deux précédentes par son spongier lamelleux.

GENRE XXXIII. PLEUROSTOMA.

PLEUROSTOMA, *Rœmer*, 1840.

Spongier lamelleux et allongé, pourvu d'oscules sur les tranches seulement.

Nous ne connaissons les espèces qui composent ce genre que par les figures qui en ont été données, et nous ne savons si les oscules qu'on aperçoit sur les tranches sont réellement des oscules ou des ouvertures de tubules. Dans ce dernier cas, les *Pleurostoma* seraient identiques aux *Elasmoierea*, que nous avons décrits plus haut.

Ex. : *Pleurostoma radiatum*, Rœmer, *Kreid.*, pl. 1re., fig. 11, 1840. — Sénonien : Peine.

GENRE XXXIV. DIPLOSTOMA.

FOROSPONGIA (pars), *d'Orbigny*, Prod., 1849.

Spongier formé d'une lame poreuse, criblée d'oscules sur l'une et l'autre paroi.

Ce genre diffère du précédent et de ceux qui suivent par ses deux parois munies d'oscules.

Ex. : *Diplostoma neocomiensis.* Spongier en lame peu épaisse, plate, peu ou point plissée ; oscules petits, assez régulièrement ronds et rapprochés ; pores nombreux, petits, serrés ; épaisseur de la lame : 3 millim. ; diamètre des oscules : 1/2 millim. ; distance qui les sépare : 1 à 1 millim. 1/2.

Néocomien : Germigney.

GENRE XXXV. ELASMOSTOMA.

Spongier en forme de lames peu épaisses, adhérentes par un point aux corps sous-marins et s'étendant horizontalement. Ces lames forment ordinairement un demi-cercle et sont plus ou moins contournées. Une des faces est formée d'un tissu irrégulièrement poreux ; l'autre , couverte d'une épithèque, est munie d'oscules ; les oscules sont très-superficiels et très-irréguliers.

Ex. : *Elasmostoma frondescens*. Spongier en lames assez minces et un peu plissées ; le point d'attache, généralement plus épais que le reste de la lame, est à peu près au centre du diamètre du demi-cercle ; on distingue , sur les faces, des bourrelets d'accroissement hémicirculaires ; oscules irréguliers et comme déchiquetés , placés sur la face couverte d'une épithèque; l'autre face est très-irrégulièrement poreuse ; diamètre des oscules : 1 à 3 millim. ; épaisseur de la lame : 3 à 4 millimètres.

Néocomien : St.-Dizier, Germigney.

GENRE XXXVI. POROSTOMA (*POROSPONGIA*).

POROSPONGIA, *d'Orbigny*, Cours élém. de géol., 1849.

Spongier en lames épaisses, de forme et de nature variables, souvent constituées par des fibres qui se croisent à angles droits et forment des mailles carrées. Des oscules ronds ou ovalaires, marginés, sont disposés assez régulièrement sur une des faces ; l'autre est rugueuse, irrégulière et poreuse. L'intérieur du parenchyme contient souvent des spicules qui s'unissent de différentes manières. Point d'épithèque.

Ex. : *Porostoma marginata:* — *Porospongia marginata*, d'Orbigny, *Prod.*, t. II, p. 388; — *Manon marginatum*, Goldfuss. *Petref. germ.*, pl. XXXIV, fig. 9 *d*, *e*, *f*, *g* (non les autres figures). — Oxfordien : St.-Maixent, Muggendorf.

3ᵉ. sous-ordre. SPONGITAIRES POREUX *(SPONGITARIA POROSA)*.

Les Spongitaires que renferme ce dernier sous-ordre ont une organi-
sation plus simple que les deux précédents. Nous ne trouvons ici ni
tubules, ni oscules; le spongier est entièrement composé de pores de dia-
mètres différents, suivant les fonctions qu'ils sont appelés à remplir. La
forme arrondie, digitée ou mamelonnée, du spongier indique seule l'unité
ou la multiplicité des individus, et les centres de vie y sont aussi quel-
quefois représentés par des rayons stelliformes, sans oscules, mais pré-
sentant, au centre de l'étoile, des pores un peu plus larges que les autres.

8ᵉ. famille. CUPULOCHONIENS.

Ocellaridæ (pars), Amorphospongidæ (pars), *d'Orbigny*, 1849.

Spongier affectant la forme d'une coupe plus ou moins régulière,
supportée ou non par une racine.

genre XXXVII. COELOCHONIA *(COELOPTICHUM)*.

Cœloptichum, *Goldfuss*, 1826.

Spongier porté sur une tige et affectant la forme d'une coupe, dont le
bord se réfléchit et forme une ombelle élégante autour de la coupe.
Point d'oscules; des pores souvent disposés en lignes régulières.

La forme du spongier des espèces de ce genre les fait facilement distinguer des autres Spongitaires poreux.

Ex. : *Cœlochonia agaricoides;* — *Cœloptichum agaricoides*, Goldfuss,
Petref. germ., pl. IV, fig. 5. — Sénonien : Hanovre, Peine.

genre XXXVIII. CUPULOCHONIA *(CUPULOSPONGIA)*.

Cupulospongia, *d'Orbigny*, 1849.

Spongier en forme de coupe plus ou moins régulière, mais sans bord réfléchi, et présentant un réseau irrégulier percé de pores nombreux et sans ordre.

Ex. : *Cupulochonia patella;—Cupulospongia patella*, d'Orbigny, *Prod.*, t. I, p. 391 ; — *Tragos patella*, Goldfuss, *Petref. germ.*, pl. XXXV, fig. 2. — Oxfordien : Wurtemberg, Randen.

GENRE XXXIX. PALÆOCHONIA (*PALÆOSPONGIA*).

PALÆOSPONGIA, *d'Orbigny*, 1849.

M. d'Orbigny a créé ce genre pour un fossile silurien, qui ne diffère des *Cupulochonia* qu'en ce que le réseau qui compose le spongier des *Palæochonia* forme des lignes concentriques bien prononcées.

Espèce unique : *Palæochonia cyathiformis*, E. de From. ; — *Palæospongia cyathiformis*, d'Orbigny, *Prod.*, t. I, p. 26, 1849; — *Porites cyathiformis*, Hall., pl. XII, fig. 2, 1847. — Silurien : New-York, Trenton-Limestone.

9e. FAMILLE. POROSMILIENS.

OCELLARIDÆ (pars), AMORPHOSPONGIDÆ (pars), *d'Orbigny*, loc. cit., 1848.

Le spongier est constitué par des lames plus ou moins épaisses, libres ou s'anastomosant, mais n'affectant jamais la forme d'une coupe.

GENRE XL. THALAMOSMILA (*THALAMOSPONGIA*).

THALAMOSPONGIA, *d'Orbigny*, loc. cit., 1849.

Spongier formé de lames très-minces qui se rencontrent souvent, suivant des angles variables, et constituent ainsi des chambres très-irrégulières, mais ne communiquant pas entr'elles.

Espèce unique : *Thalamosmila Cotteaui*, E. de From. ; — *Thalamospongia Cottaldina*, d'Orbigny, *Prod.*, t. II, p. 96, 1849.

Les échantillons de cette espèce sont généralement petits et se présentent sous forme globuleuse ou digitée ; les lames sont très-minces , finement poreuses, et paraissent toutes partir d'un point d'où elles irradient ; les chambres ont de 1 à 3 millim. de diamètre.

Néocomien : Chenay , Leugny , Gy-l'Evêque (Yonne).

Genre XLI. POROSMILA.

Spongier constitué par des lames qui se soudent souvent entr'elles et constituent des chambres ou vacuoles communiquant largement entr'elles.

Comme dans le genre précédent, les lames irradient d'un point central , mais elles ne forment pas de chambres bien limitées.

Espèce unique : *Porosmila Martini.* Spongier en masse arrondie, constitué par des lames minces et étroites qui s'anastomosent souvent entre elles et donnent naissance à un ensemble largement poreux, ayant quelque ressemblance avec la pierre-ponce. Les lames partent évidemment d'un point central et indiquent assez que l'accroissement se fait du centre à la circonférence. Les lames sont peu poreuses, d'un tissu dense, et épaisses d'un demi-millimètre. Elles sont distantes d'environ 1 millim.

Sinemurien : Semur.

Genre XLII TETRASMILA.

Amorphospongia (pars), *d'Orbigny,* 1849.

Spongier constitué par des lames verticales ondulées , et s'écartant du centre. Lorsque l'animal prend naissance, on n'aperçoit d'abord que quatre saillies faisant la croix sur une base commune. Puis , à mesure que ces saillies s'élèvent perpendiculairement pour former des lames ridées et unies par leur tranche interne, d'autres lames prennent naissance entre celles-là, et, vues du sommet, forment une étoile irrégulière à 8 branches. A mesure que le spongier se développe, d'autres lames viennent encore s'ajouter entre les premières et donnent à l'ensemble une forme subglobuleuse, chicoracée, où l'on reconnaît toujours assez faeilement la première eroix à quatre branehes. L'ensemble est porté sur un pied un peu étalé, ou se développe sur un eorps sous-marin qu'il enveloppe bientôt si son diamètre est petit.

Ex. : *Tetrasmila crispa*, E. de From. ; — *Ceriopora crispa*, Goldfuss, *Petref. germ.*, pl. XI, fig. 9 (peut-être les 8 *a*, *b*, *c*, *d*, etc., appartiennent-elles à des espèces du même genre). — Oxfordien : Baruth, Thurnau, ete.

Nous connaissons encore 3 espèces :

T. elegans. Oxfordien : Champlitte ;

T. corallina (espèce type). Corallien : Champlitte ;

T. Cotteaui. Aptien : Les Croûtes (Aube).

GENRE XLIII. PLOCOSMILA (*PLOCOSCYPHIA*).

PLOCOSCYPHIA, *Reuss*, 1846.
MEANDROSPONGIA, *d'Orbigny*, 1848.

Spongier en lames minces formant des méandres très-compliqués. Pores nombreux, souvent placés selon des lignes régulières qui forment de petits sillons.

La forme méandroïde des lames fait faeilement distinguer ce genre des deux qui précèdent. Le genre *Meandrospongia* de M. d'Orbigny ne diffère en rien de celui de M. Reuss.

Ex. : *Plocosmila contortolobata* ; — *Spongia contortolobata*, Michelin, *Icon.*, pl. XLII, fig. 1. — Senonien : Tours, Bohème.

10ᵉ. ET DERNIÈRE FAMILLE. AMORPHOFONGIENS.

LYMNOREIDÆ (pars), AMORPHOSPONGIDÆ (pars), *d'Orbigny*, 1849.

Spongier ne prenant jamais la forme d'une eoupe ou d'une lame, mais formant des masses polymorphes, globuleuses, mamelonnées ou subdendroïdes. Cette dernière famille est la seule du dernier sous-ordre qui renferme des éponges présentant des sillons étoilés et sans oscule central.

GENRE XLIII. TURONIFUNGIA *(TURONIA)*.

TURONIA, *Michelin*, 1846.

Spongier affectant la forme d'un cône irrégulier, porté par un pédicule et déchiqueté par des sillons irrégulièrement verticaux, mais jamais disposés en étoile.

Espèce unique : *Turonifungia variabilis ; — Turonia variabilis*, Michelin, pl. XXXV, fig. 1-8, et pl. XXVIII, fig. 3-4 ? — Senonien : Tours, St.-Agnan.

GENRE XLIV. ENAULOFUNGIA.

Spongier globuleux, pédiculé ou adhérent à des tiges de polypiers, qu'il finit par envelopper entièrement. Tissu très-poreux et présentant au sommet du spongier une légère dépression, formée par des pores plus larges, et d'où partent des sillons qui s'écartent en étoile et se bifurquent en s'éloignant du sommet.

Ex. : *Enaulofungia corallina.* Spongier globuleux, fixé sur un corps sous-marin, le plus souvent sur de petits polypiers, sur des tiges d'Isis ou de Gorgone, et dont la disparition laisse, dans l'épaisseur du spongier, un canal qu'il ne faut pas prendre pour un tubule. Tissu très-poreux et rugueux. On aperçoit, au sommet, une dépression très-légère où se montrent des pores plus larges et d'où partent des sillons, larges de 1 millim. 1/2, qui diminuent de diamètre en s'éloignant et en se bifurquant. Diamètre des plus gros spongiers : 3 à 4 centim. — Corallien : Champlitte.

Nous connaissons encore une espèce de l'étage oxfordien de Champlitte, à laquelle nous avons donné le nom de *L. globosa* et qui a beaucoup d'affinité avec la première. C'est encore à ce genre qu'il faudra rapporter toutes les espèces simples du genre *Actinospongia* (d'Orbigny).

GENRE XLV. ACTINOFUNGIA *(ACTINOSPONGIA)*.

ACTINOSPONGIA, *d'Orbigny, 1849.*

Spongier composé, formé par la réunion de spongites en mamelons saillants, ou simplement d'une masse polymorphe. Au sommet des mamelons, quand ils existent, et çà et là sur la surface, quand il n'y a pas de mamelons, se montrent des sillons divergents et donnant lieu à une étoile informe. La base est enveloppée d'une épithèque plus ou moins développée.

Ex. : *Actinofungia ornata ;—Actinospongia ornata* (pars), d'Orbigny, *Prod.*, t. I, p. 326. — Bathonien : Luc, Langrune.

GENRE XLVI. LEIOFUNGIA *(LEIOSPONGIA)*.

LEIOSPONGIA, *d'Orbigny, 1849.*

Spongier composé, présentant tous les caractères extérieurs des *Lymnoreotheles,* mais ne possédant ni oscules, ni étoile au sommet des spongites. La partie dégagée de l'épithèque est très-poreuse.

Ex. : *Leiofungia milleporata; — Leiospongia milleporata*, d'Orbigny, *Prod.*, t. I, p. 209; — *Achilleum milleporatum*, Münster, 1841, pl. I, fig. 4 (un fragment seulement). — Saliférien : St.-Cassian.

GENRE XLVII. STROMATOFUNGIA *(STROMATOPORA)*.

STROMATOPORA, *de Blainville, 1834.*

Spongier massif, polymorphe, le plus souvent de forme arrondie, composé de couches concentriques superposées et percé de pores irréguliers.

Ex. : *Stromatofungia capitata ; — Stromatopora capitata*, d'Orbigny, *Prod.*, t. I, p. 109;—*Tragos capitatum*, Goldfuss, *Petref. germ.*, pl. V, fig. 6. — Dévonien : Bensberg.

Les fossiles rapportés à ce genre pourraient bien ne pas appartenir à la classe des Spongitaires.

GENRE XLVIII ET DERNIER. AMORPHOFUNGIA (*AMORPHOSPONGIA*).

AMORPHOSPONGIA (pars), *d'Orbigny*, 1848.

Spongier sans forme bien arrêtée, mais le plus souvent arrondi ou mamelonné, formé d'un tissu homogène et sans couches concentriques. Point de sillon au sommet. Épithèque nulle ou rudimentaire à la base.

Ex. : *Amorphofungia tuberosa; — Amorphospongia tuberosa*, d'Orbigny, *Prod.*, t. I, p. 392; — *Achilleum tuberosum*, Goldfuss, *Petref. germ.*, pl. XXXIV, fig. 4. — Oxfordien : Allemagne, Hanovre.

EXPLICATION DES PLANCHES.

—

PLANCHE Ire.

Fig. 1. HIPPALIMUS FUNGOIDES. Cette espèce, dessinée d'après la figure qu'en donne M. Michelin, est réduite des deux tiers.

Fig. 2. EPEUDEA CRIBRARIA, grandeur naturelle.

— 2 a. Une partie de sa surface grossie, pour faire voir l'épithèque qui borde les oscules.

— 2 b. Une moitié séparée par une section verticale et qui permet de voir l'intérieur du tubule dans toute sa hauteur.

Fig. 3. EUDEA GRACILIS, d'après Münster.

— 3 a. Une portion de la surface grossie, pour montrer les pores et les oscules.

Fig. 4. DISEUDEA LAGENARIA, d'après M. Michelin.

Fig. 5. CNEMISEUDEA COSTATA, d'après Goldfuss.

— 5 a. Une portion de la surface grossie, pour montrer les oscules placés entre les côtes.

Fig. 6 POLYCNEMISEUDEA CORALLINA, grandeur naturelle, provenant du corallien inférieur de Champlitte (Haute-Saône).

— 6 a. Un spongite divisé dans toute sa hauteur, pour montrer le tubule et les oscules perforants qui s'y rendent.

Fig. 7. SIPHONOCŒLIA ELEGANS, grandeur naturelle. Cette espèce provient de l'oxfordien de Champlitte.

Fig. 8. POLYCŒLIA PISTILLOIDES, grandeur naturelle, d'après M. Michelin.

— 8 a. Une partie de la surface supérieure d'un spongite grossie.

Fig. 9. POLYCŒLIA BULLATA, grandeur naturelle. Du corallien inférieur de Champlitte.

Cette espèce diffère du *Polycœlia pilula* par des spongites plus gros, plus élevés, et par des pores beaucoup plus larges.

— 9 a. La même espèce, vue de côté.

Fig. 10. POLYSIPHONEUDEA ARBUSCULA, d'après M. Michelin.

Dans la figure que M. Michelin a donnée de cette espèce, les tubules paraissent remplis de matières étrangères et les oscules sont trop peu indiqués.

Fig. 11. POLYCŒLIA CYMOSA, d'après M. Michelin.

Fig. 12. SIPHONEUDEA FICUS, d'après A. d'Orbigny.

— 12 a. Une moitié de la partie supérieure séparée par une section verticale, pour montrer le tubule central et les oscules perforants qui s'y rendent.

Fig. 13. POLYIEREA CESPITOSA, d'après M. Michelin.

— 13 a. Section verticale d'un spongite montrant l'intérieur de deux tubules.

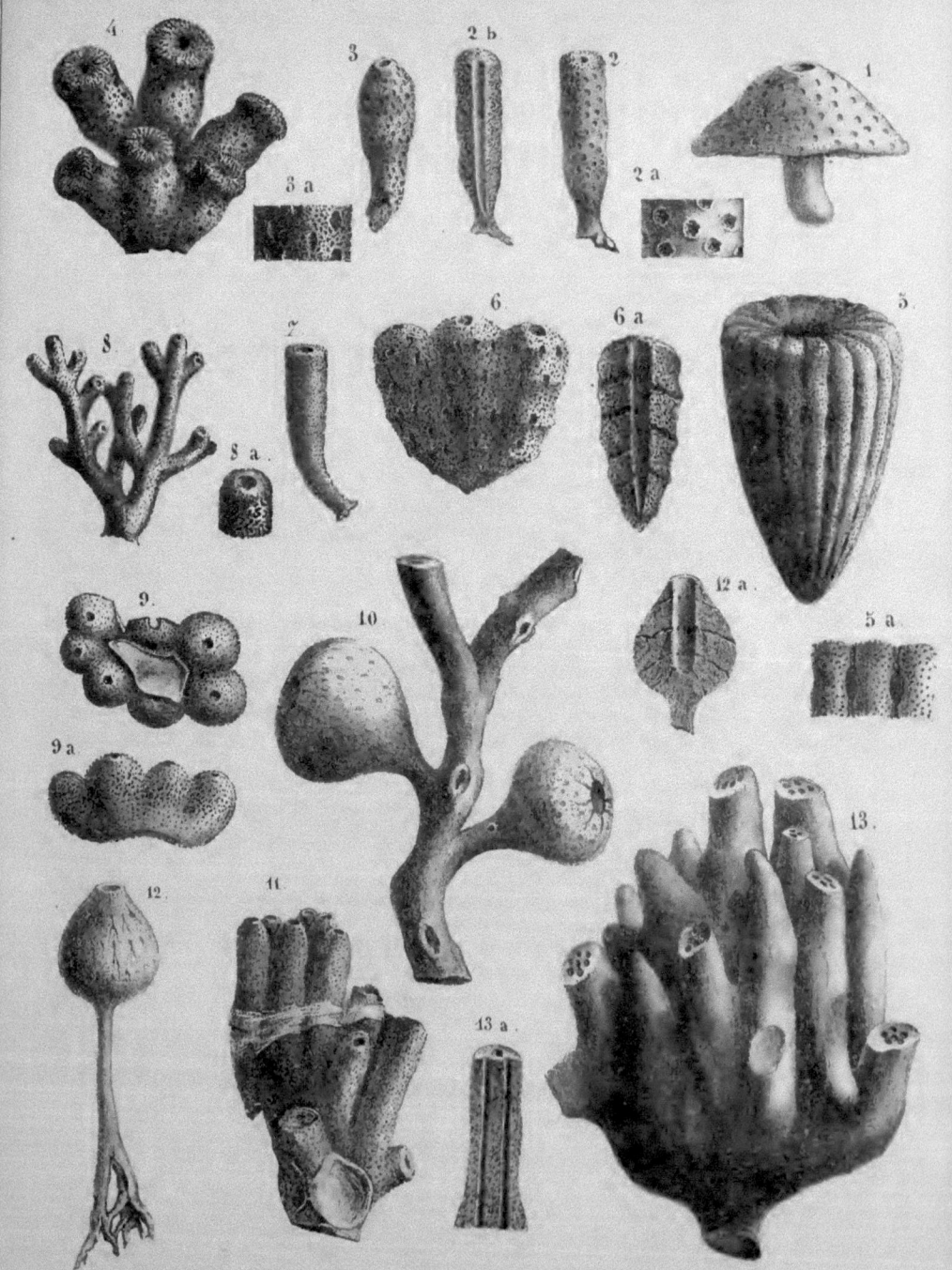

PLANCHE II.

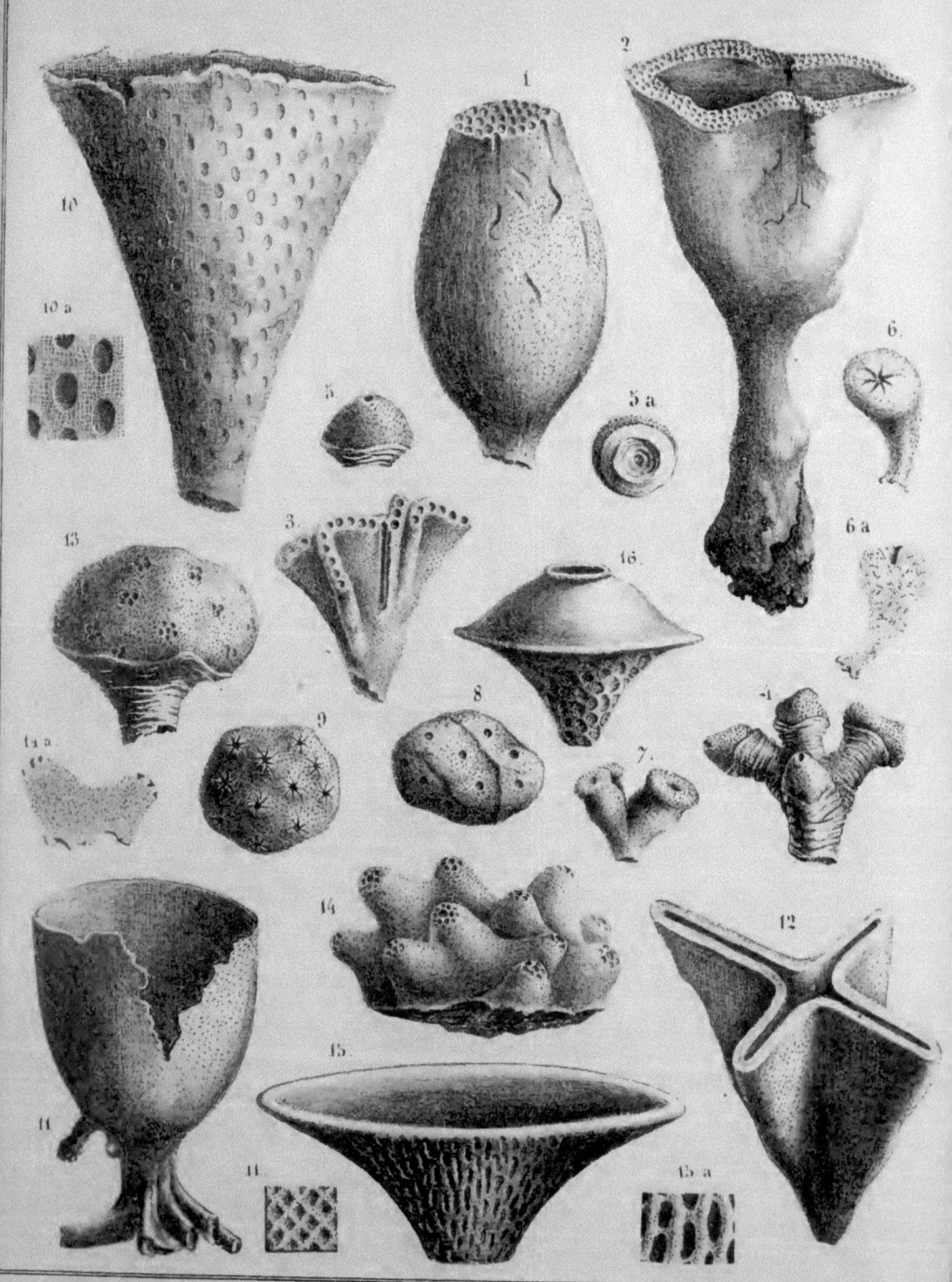

PLANCHE III.

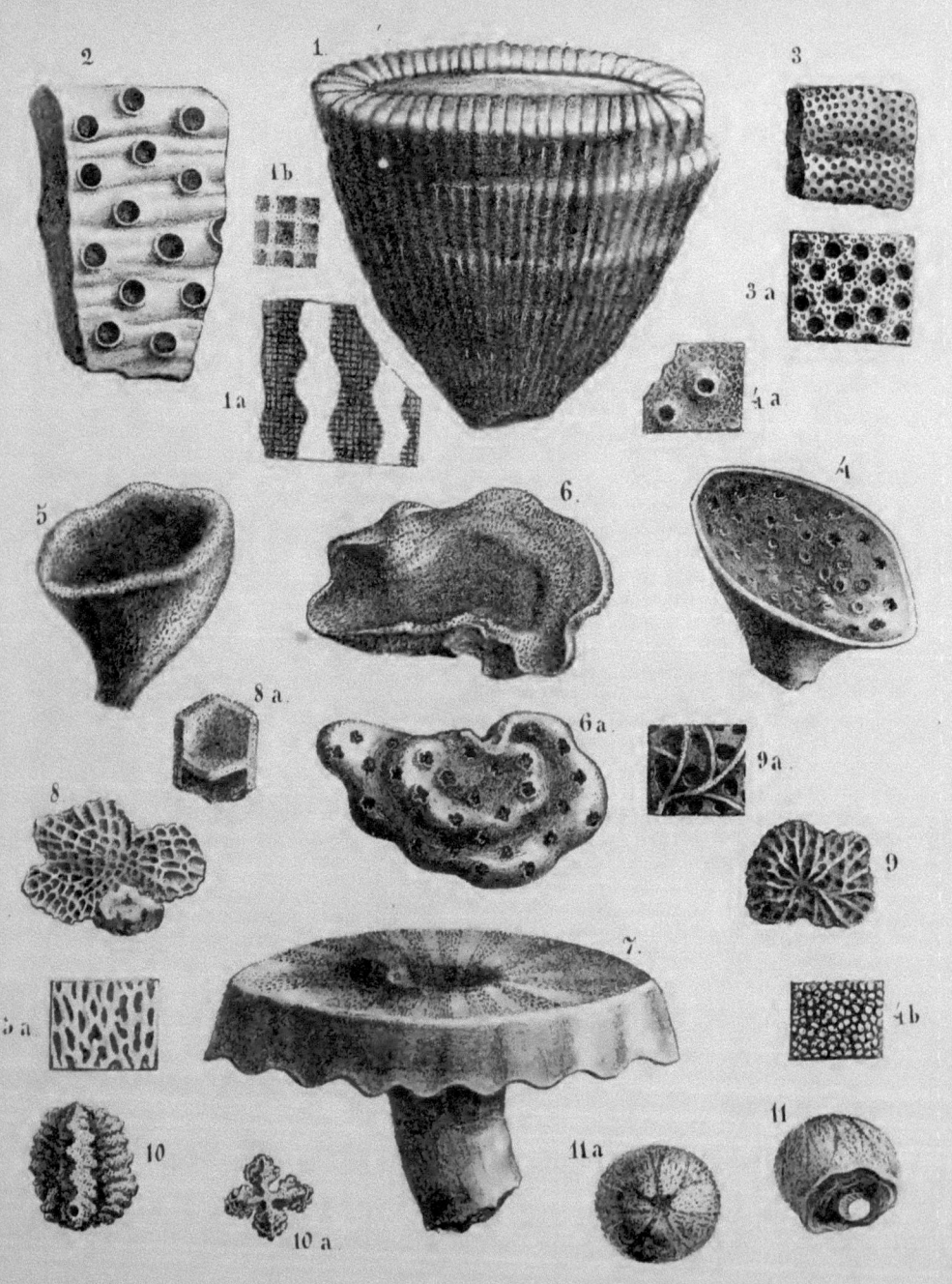

PLANCHE IV.

Fig. 1. TURONIA VARIABILIS, d'après M. Michelin. La partie supérieure de ce fossile est détruite.

Fig. 2. LEIOFUNGIA MILLEPORATA, d'après Münster.

Fig. 3. ENAULOFUNGIA GLOBOSA, de l'étage oxfordien de Champlitte.
Cette espèce diffère de l'*E. corallina* par la ligne circulaire qui la divise en deux segments, et par la largeur de ses sillons. On remarque, sur le segment inférieur, une ouverture qui est l'empreinte du corps sur lequel ce spongitaire s'est développé.

Fig. 4. POLYCŒLIA GEMMANS, de l'étage néocomien de Germigney.

— 4 *a*. Une partie de sa surface grossie.

Fig. 5. STROMATOFUNGIA CAPITATA, d'après Goldfuss.

— 5 *a*. Une section verticale de cette espèce, qui permet de voir les couches concentriques dont elle est formée.

Fig. 6. AMORPHOFUNGIA INFORMIS, d'après M. Michelin.

Fig. 7. SIPHONOCŒLIA COMPRESSA, de l'étage néocomien de Germigney.

— 7 *a*. Son sommet, vu d'en haut.

Fig. 8. ACTINOFUNGIA PEDICULATA, de l'étage néocomien de Germigney.

— 8 *a*. Le même, vu par sa surface supérieure.

— 8 *b*. Une portion de cette surface, grossie.

Fig. 9. ACTINOFUNGIA ASTROIDES, de Germigney, vu de profil.

— 9 *a*. Le même, vu par sa surface supérieure.

Fig. 10. TREMOSPONGIA PLANA, du néocomien de Germigney.

— 10 *a*. Une partie de sa surface supérieure, grossie.

Fig. 11. TREMOSPONGIA BULLATA, du néocomien de Germigney.

— 11 *a*. Partie supérieure d'un des spongites, grossie.

Fig. 12. TETRASMILA CORALLINA, de l'étage corallien de Champlitte.
Jeune individu fixé sur une tige de Rhabdophyllie et n'ayant que quatre lames.

— 12 *a*. Le même, possédant déjà huit lames.

— 12 *b*. Le même, arrivé à un plus grand développement.

CAEN, TYP. DE A. HARDEL.

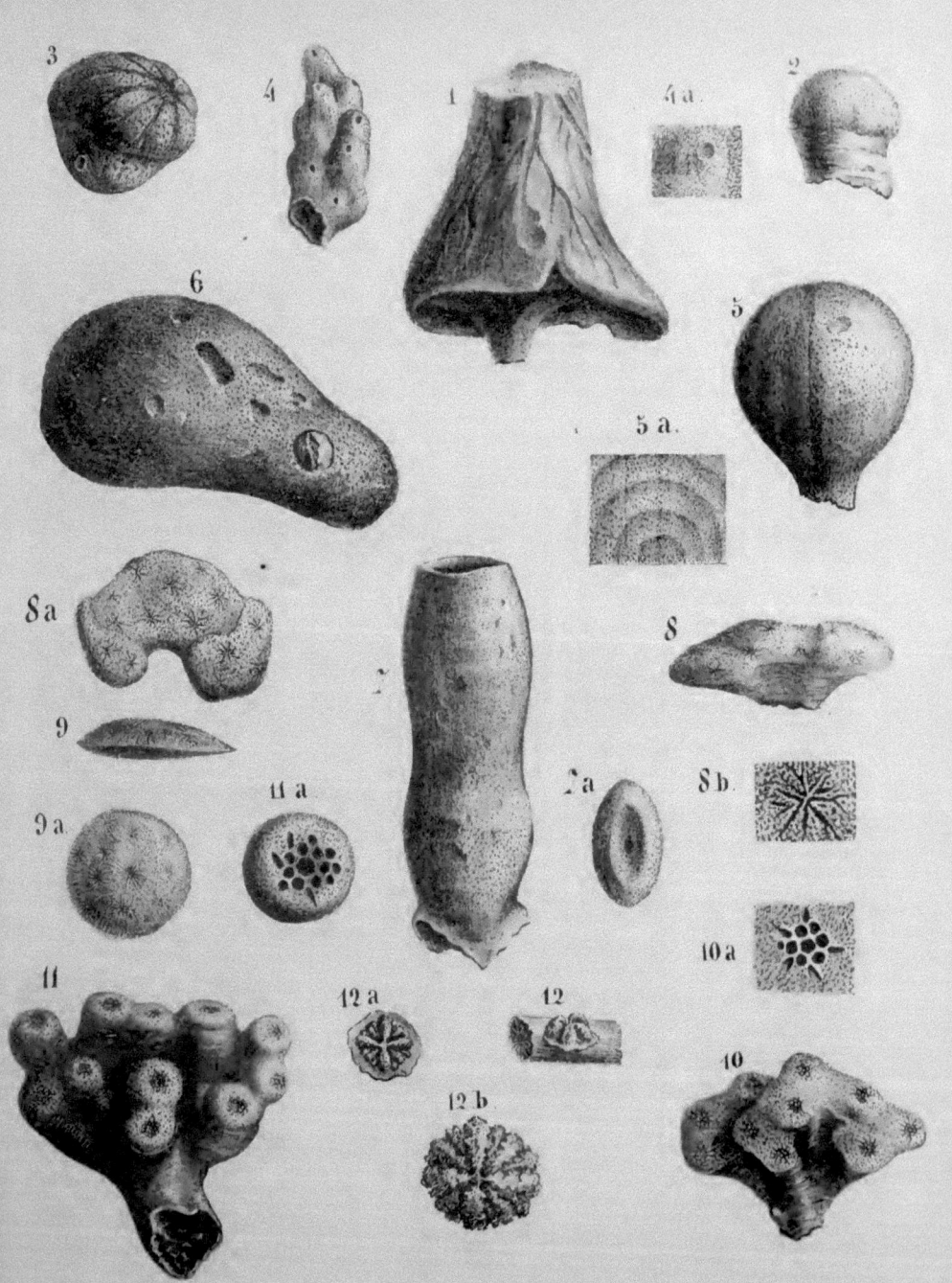